L'œil de la nuit

DE LA MÊME AUTEURE

Le train pour Samarcande, Montréal, VLB éditeur, 2008.
Le Grand Jamais, Montréal, Éditions XYZ, 2012.

Danielle Trussart

L'œil de la nuit

roman

XYZ
éditeur

Catalogage avant publication de Bibliothèque et Archives nationales du Québec et Bibliothèque et Archives Canada

Trussart, D. (Danielle)

    L'œil de la nuit

    (Romanichels)

    ISBN 978-2-89261-792-4

    I. Titre. II. Collection : Romanichels.

PS8639.R888O34 2013   C843'.6   C2013-941277-8
PS9639.R888O34 2013

Les Éditions XYZ bénéficient du soutien financier des institutions suivantes pour leurs activités d'édition :
– Conseil des arts du Canada ;
– Gouvernement du Canada par l'entremise du Fonds du livre du Canada (FLC) ;
– Société de développement des entreprises culturelles du Québec (SODEC) ;
– Gouvernement du Québec par l'entremise du programme de crédit d'impôt pour l'édition de livres.

Édition : Josée Bonneville
Conception typographique et montage : Édiscript enr.
Graphisme de la couverture : René St-Amand
Illustration de la couverture : Michelle Gibson, iStockphoto.com
Photographie de l'auteure : Daniel Bourque, Studio Henri inc.

ISBN version imprimée : 978-2-89261-792-4
ISBN version numérique (PDF) : 978-2-89261-793-1
ISBN version numérique (ePub) : 978-2-89261-794-8

Dépôt légal : 4ᵉ trimestre 2013
Bibliothèque et Archives nationales du Québec
Bibliothèque et Archives Canada

Diffusion/distribution au Canada :
Distribution HMH
1815, avenue De Lorimier
Montréal (Québec) H2K 3W6
www.distributionhmh.com

Diffusion/distribution en Europe :
Librairie du Québec/DNM
30, rue Gay-Lussac
75005 Paris, FRANCE
www.librairieduquebec.fr

Imprimé au Canada

www.editionsxyz.com

À Nycole,
qui sait si bien distinguer
les mille nuances
d'une même couleur.

Aux timides et aux ti-counes
qui sortent du cadre, du rang, de l'ordinaire,
qui donnent leur langue au chat,
qui ne savent pas sur quel pied danser.
Aux têtes en l'air, brûlées, de linotte,
de pioche, de Turc, de pipe, de nœud
qui évoluent en bordure du courant emportant
le reste de la société.

Je pense, gravement, à un vaisseau d'étoiles
en perdition dans les marais du matin.

RÉJEAN DUCHARME, *L'avalée des avalés*

La mer Marginale

La mer Marginale, au cas où tu ne le saurais pas, est l'une des nombreuses plaines basaltiques qui tapissent la surface de la Lune. Les premiers observateurs de notre satellite avaient cru qu'il s'agissait de vastes étendues d'eau comme celles qu'on retrouve sur la Terre.

La Lune, c'est mon domaine. Aussi bien te le dire tout de suite.

Ma face cachée.

Je voyage sur la Lune durant mon sommeil.

Avant de m'endormir, je prépare soigneusement l'itinéraire en pensée, comme si je le traçais sur une carte routière, car il n'y a rien que je déteste plus au monde que de vivre des histoires insensées, dans des endroits inconnus, parmi des gens que je n'ai jamais vus de ma vie. Si, malgré mes précautions, ma stratégie échoue, je me réveille en sursaut et je passe des heures à tenter de me calmer en contrôlant ma respiration et en récitant méthodiquement le nom des couleurs.

Cette litanie, que je pratique depuis l'adolescence, m'évite de crier, d'alerter les autres, de me frapper la tête sur les murs, de perdre la boule, les pédales (s'énerver, perdre le contrôle, devenir dingue) et tout ce qui peut se perdre, si tu vois ce que je veux dire.

Je commence toujours par les bleus qui, selon les prétentions des charlatans, auraient un effet apaisant, mais ils disent aussi *avoir une peur bleue*, alors comment leur faire confiance puisqu'ils déclarent une chose et son contraire ? En tout cas, si tout ce qui existe possède une ou plusieurs couleurs, la peur ne se décline pas dans la vaste gamme des bleus pour laquelle j'éprouve depuis toujours une prédilection particulière.

J'ai choisi cinquante dénominations différentes de bleu que j'ai classées par ordre alphabétique et mémorisées : aigue-marine, d'Anvers, ardoise, azur, barbeau, canard, céleste, céruleum, charron, de Chine, de cobalt, de cyan, de Delft, denim, dragée, égyptien, électrique, de France, fumée, givré, guède, horizon, indigo, Klein, lapis-lazuli, lavande, de Leitch, Majorelle, manganèse, marine, Maya, des mers du sud, minéral, de minuit, d'outremer, paon, pastel, persan, pervenche, pétrole, phtalo, de Prusse, safre, saphir, sarcelle, smalt, Tiffany, turquin, turquoise, Windsor.

Les nuits de chance, cette récitation me suffit, mais parfois, je dois parcourir le cercle chromatique au grand complet avec une variété de tons pour chaque couleur, et il fait clair quand je retrouve enfin mes esprits. Alors, pour courir le moins de risques possible, je campe le décor avec soin avant de fermer les yeux et ensuite, je peux me laisser glisser tranquillement jusqu'au plus profond du sommeil. Façon de parler, évidemment.

Donc, pendant la nuit, je me promène sur la Lune, de lac en mer, en océan, en marais, en golfe, en cratère, en montagne. Et j'y passe, à vrai dire, la moitié de ma vie. Là-haut, le bleu domine, un bleu de brume, translucide et vaporeux, que j'ai baptisé bleu sélénien.

Du bruit dans l'escalier. C'est Clo. Je l'entends rire. Je reconnais ce petit rire nerveux, un peu débile : elle a un nouveau *chum*. Effectivement, elle parle à un gars qui la tient par la taille et qui la colle au mur pour l'embrasser en promenant ses mains sur elle comme s'il avait égaré quelque chose sous ses vêtements qu'il était pressé de retrouver.

Je les aperçois par l'entrebâillement de ma porte. Clo ramasse deux, trois affaires, jette un coup d'œil dans ma direction, baisse le ton et dit :

C'est Violette, ma coloc. L'autre, Lucie, est sortie.

Le gars s'étire le cou et me fait un petit signe auquel je ne réponds pas. De toute façon, je ne le regarde pas. Je me contente de fixer le bout de ses souliers, des souliers de course bruns de marque Merrell. J'ai vu les mêmes, l'autre jour, dans une vitrine, rue Saint-Denis.

Avant de redescendre, Clo me crie qu'elle ne rentrera que demain et qu'elle a laissé une portion de pizza sur la table de la cuisine. Elle n'attend pas ma réponse. La porte claque. Une auto démarre sur les chapeaux de roues.

Je déteste quand Clo découche. Pourquoi les choses ne restent-elles comme elles doivent être ?

Où en étais-je… Je passe la nuit sur la Lune et je redescends dans mon lit au lever du jour. Pour atterrir en douceur, je me glisse dans mon rêve éveillé préféré :

J'entre dans un salon de coiffure bondé. Un endroit ce qu'il y a de plus moderne où les coiffeuses, habillées à la dernière mode, affichent une rare élégance, comme on dit. Tout y est synthétique et brillant : la cuirette rouge vif des fauteuils, les photos géantes de femmes aux chevelures scintillantes comme des rivières, les miroirs mur à mur où tu peux t'examiner sous toutes tes coutures, la surenchère d'effluves qui piquent les narines et beaucoup de lumière.

Donc, j'entre dans le salon.

La caissière arbore son regard vide et sa posture lasse de mannequin de vitrine qui se sait observé. Elle me salue comme si j'étais une habituée. On entend à peine la voix de Céline qui s'égosille sous les bavardages. Il y a beaucoup trop de bruits différents en même temps et je devrais me mettre à paniquer, mais probablement à cause du ronronnement des séchoirs qui enveloppe les autres sons, je me sens à l'aise.

Une fille, la dernière entrée probablement, balaie un tas de cheveux qui s'entremêlent dans son porte-poussières. J'effectue trois pas de côté pour ne pas la déranger, mais j'aimerais tellement ramasser les mèches, enfouir mes doigts dedans comme dans la fourrure d'un chat, les assembler en couettes multicolores et les emporter chez moi. Ça ne ferait de mal à personne puisque, de toute façon, elles vont se retrouver à la poubelle, mais je sais qu'il ne faut absolument pas demander ce genre de chose. Absolument pas. Non, non, surtout pas. Résiste, Violette. Regarde ailleurs si tu ne veux pas tout gâcher.

Sandra, c'est le nom de ma coiffeuse, me reconnaît, de loin, et me fait signe d'approcher. Elle m'attendait. Sa bouche, du même rouge que la cuirette des fauteuils, est fendue jusqu'aux oreilles :

Comment ça va ? Ça fait longtemps qu'on s'est pas vues. Qu'est-ce que tu deviens ? T'as l'air en forme !

Elle me dit quelque chose dans ce genre-là. Je ne sais pas trop et c'est sans importance de toute façon. Je lui réponds sur le même ton, avec les mêmes mots et le même sourire. C'est comme ça que j'ai appris à communiquer avec les autres. De cette manière, je sais qu'ils me comprendront et que je ne commettrai pas d'erreur. Je déteste les erreurs.

Ce sont des mots usés. Des mots sans prétention qui servent seulement à s'effleurer, à se sentir, comme le font les animaux pour savoir s'ils sont en sécurité. Façon de parler évidemment. Elle remarque ma robe ou mon nouveau manteau, ça dépend du temps qu'il fait lorsque je raconte mon histoire. Je m'invente toujours de beaux vêtements pour aller au salon.

Les yeux de Sandra sont verts avec de minuscules paillettes dorées qui gravitent comme des satellites autour de leur pupille noire. Elle porte un corsage très moulant qui laisse voir son soutien-gorge en dentelle. Ses jambes semblent disproportionnées à cause de sa mini-mini-jupe et de la hauteur de ses talons. Et ses cheveux? Je ne t'en parle même pas parce qu'ils changent chaque fois de couleur, de longueur et de style.

Sandra m'indique le fauteuil vide au fond de la pièce, devant les lavabos. J'y prends place. Elle enveloppe mes épaules d'une serviette et me recouvre ensuite d'une sorte de chasuble en plastique. Je renverse la tête. L'eau coule juste à la bonne température. Lentement, lentement, longtemps.

Je ferme les yeux. Je ne pense à rien.

Le ruissellement de l'eau m'empêche de distinguer clairement les paroles de Sandra pendant qu'elle masse mon cuir chevelu pour faire mousser le shampoing qui sent la pomme verte. Je ne perçois que le bruissement joyeux de son babillage et je souris. Je suis bien et je ne veux rien d'autre. Ils sont rares, pas vrai, les moments où on ne veut rien d'autre dans la vie?

Après, la tête enroulée dans une serviette noire, je prends place sur la chaise pivotante, dans le domaine de Sandra, son coin à elle. On parle et je joue le jeu, comme on dit. J'aime jouer le jeu, lui faire plaisir en la questionnant sur sa fille dont la photo est coincée dans le cadre du miroir.

Je ne la connais pas, sa fille, je ne l'ai jamais vue, mais je m'intéresse vraiment à elle et à tout ce que me raconte Sandra : le gâteau d'anniversaire, les invités, les cadeaux et le moment où la petite a soufflé les bougies. J'ai l'impression de faire partie de la famille de Sandra et je lui demande des détails :

Donne-moi des détails, Sandra : la couleur de la robe, la sorte de gâteau, le menu, les motifs du papier d'emballage. Raconte-moi tout, Sandra.

J'en aurais des choses à lui dire moi aussi. Je pourrais lui parler longuement de la sélénographie, des rues de Montréal que je parcours systématiquement, de celles de Petite-Rivière-Saint-François ou de Baie-Saint-Paul que je connais comme le fond de ma poche, de tous les salons de coiffure dont j'ai collectionné les cartes professionnelles jusqu'à maintenant et des centaines de noms de couleur que j'ai mémorisés, mais je me tais. Je me la ferme de peur qu'elle me regarde bizarrement comme le font les autres quand j'ouvre la bouche. Je me contente de sourire et de poser des questions :

Raconte, Sandra.

Elle me relate sa sortie de la veille. Elle avait un rendez-vous.

Un nouveau *chum*, Sandra ? Comment il s'appelle ? Quel âge il a ? De quoi il a l'air ? Y est-tu beau ? Qu'est-ce qu'il fait comme travail ? Qu'est-ce que tu portais ? Où vous êtes allés? À quelle heure t'es revenue? Y a-tu une auto? Quelle marque? Quelle couleur? T'es-tu contente, Sandra? C'est-tu sérieux, Sandra? Tu vas-tu le revoir?

Cette fois, les pas dans l'escalier sont lents et lourds. C'est Lucie. Je l'entends marmonner:

Maudine de maudine! Arrivez! Vite! Laissez-moi pas dehors! Pourquoi vous me faites ça?

Lucie a toujours de la difficulté à déverrouiller la porte. Je me précipite pour aller lui ouvrir, sinon elle pourrait se mettre dans tous ses états en prétendant qu'on ne veut plus d'elle et qu'on a encore changé la serrure pendant son absence pour l'empêcher d'entrer. La rassurer prendrait des heures. Des heures, je te dis, et je ne parle pas à travers mon chapeau, pour reprendre cette expression farfelue que j'ai déjà utilisée quarante-six fois depuis que je l'ai notée dans mon lexique, en deuxième secondaire.

Lucie pourrait être notre grand-mère, elle vient d'avoir soixante-douze ans, mais d'après Clo, et j'ignore si elle a raison, l'âge serait, comme la température ou les tremblements de terre, une réalité extérieure à soi. L'âge réel des gens correspondrait à l'époque de leurs plus anciennes blessures non guéries, parce que la vie nous y ramènerait sans cesse. Notre coloc ne serait donc pas plus vieille que Clo et moi, si on se fie à ce raisonnement, qui est une façon comme une autre de voir les choses.

Je propose à Lucie de partager la pointe de pizza qui traîne, figée, sur la table, mais elle ne me répond pas, ne me regarde pas et se dirige directement vers sa chambre. Il y en a que ça choquerait, une attitude pareille, mais moi, ça ne me dérange pas le moins du monde.

Chacun fait sa vie, après tout.

Je n'ai jamais trop compris ce que voulait dire l'expression *le moins du monde*, mais je sais quand l'utiliser.

J'apporte le morceau de pizza froide dans ma chambre.

J'ai raconté mon histoire de salon de coiffure des dizaines de fois à mes deux colocs, leur décrivant le décor dans le menu détail, l'allure des personnes présentes, les odeurs, les produits en vente, les catalogues de photos et tout.

Clo est tannée. Quand elle veut quelque chose, elle n'en parle pas durant des semaines. Elle le prend, là, tout de suite. Un point c'est tout. Et puis, au salon de coiffure, elle y va quand ça lui chante. Si elle est à court d'argent, aussi bien dire tout le temps, sa sœur lui allonge le montant nécessaire. Mais il paraît que ça va changer. La travailleuse sociale a convaincu Marie-Odile qu'elle nuisait à l'autonomie de sa cadette en la dépannant à tout bout de champ (sans arrêt, constamment, aucun lien avec les champs, sauf peut-être avant, quand il y avait plus de champs, lexique, page 39).

En tout cas, Lucie, elle, en redemande. Elle échangerait volontiers mon histoire contre n'importe lequel de ses rêves pourris qu'elle me décrit comme des enfilades de couloirs en ciment gris. Des espèces de labyrinthes dans lesquels, après avoir avalé sa poignée de pilules, elle entre en s'endormant et où, le plus souvent, elle continue de piétiner jusqu'à la nuit suivante. Elle me questionne et j'en rajoute pour lui faire plaisir. Pour faire durer le plaisir.

Ça énerve Clo – elle veut qu'on l'appelle Clo, elle trouve que son prénom, Clothilde, est affreusement pompeux, qu'il est trop westmountien – donc, ça énerve Clo au plus haut point quand Lucie raconte pour la millième fois qu'on est chanceuses d'avoir été hospitalisées ces dernières années. On ne peut même pas imaginer ce qu'elle a dû endurer dans le temps des électrochocs, des douches froides, des camisoles de force et des cellules d'isolement.

C'est presque seulement pour nous relater ces histoires-là, ces histoires morbides, qu'elle ouvre la bouche, Lucie, la silencieuse. J'ai l'impression d'entendre le témoignage d'une juive qui a survécu à un camp de la mort. Pour chasser ces images de corps tatoués et squelettiques, je l'entraîne à nouveau dans mon rêve à moi qui date de la période où j'ai vécu dehors et dormi dans les parcs, les halls d'immeubles, les ruelles, les refuges.

Si on peut appeler ça vivre.

Mais qu'est-ce qui s'appelle vivre? Hein? Peux-tu le dire?

Ceux qui prétendent détenir la réponse me font peur. Une peur grège. Ils se croient plus brillants que les autres, les finfinauds. Les autres qui, comme moi, ne savent pas ce qui s'appelle vivre. Mais ils ne m'impressionnent pas, car peu importe son déguisement, je sais reconnaître un fou quand j'en vois un – je suis allée à la bonne école –, et il s'en trouve pas mal chez les charlatans.

Alors je change de trottoir au plus vite, un point c'est tout.

Durant ces trois semaines-là, j'avais les cheveux tellement emmêlés qu'il était devenu impossible de les brosser. Les nuits étaient froides et les vêtements qu'on m'avait donnés dans les refuges s'empilaient sur moi en couches successives, si bien que je n'avais plus ni corps ni tête. Une sorte d'épouvantail, d'épouvantail invisible, car elles ne me voyaient pas quand elles sortaient, pressées,

les Marilyn des salons de coiffure, et qu'elles s'engouf-
fraient dans leur auto.

Elles vivaient leur vie à des années-lumière de la
mienne. Façon de parler.

Moi, je les regardais, éblouie, comme une petite fille
devant la vitrine d'un magasin de jouets.

La mer de la Tranquillité

La mer de la Tranquillité est l'une des grandes plaines basaltiques que l'on peut observer sur la Lune, mais ce n'est pas n'importe laquelle, crois-moi. Neil Armstrong a choisi cet endroit pour y poser le pied – le gauche, à ce qu'on dit –, le 21 juillet 1969, à 2 h 20. C'est à ce moment qu'il a prononcé sa fameuse phrase, celle du petit pas et du grand pas. On peut retrouver le film de cette équipée sur Internet et je le visionne aussitôt que j'ai accès à un ordi. C'est étrange comme une échographie.

Tu as déjà vu une échographie? Je ne pourrais pas mieux décrire l'ambiance qui règne généralement dans ma tête.

La nuit, donc, je m'allonge sur les rives de la mer de la Tranquillité et souvent, j'y reste jusqu'au matin.

On est trois dans l'appart. Trois folles. Comme les trois déesses lunaires de la mythologie grecque, si on peut dire ça comme ça.

On a beau avoir été congédiées de l'hôpital, ça ne change rien: quand on a déjà été folle, on le reste. Folle un jour, folle toujours. Comme pour les scouts et les alcoolos. C'est peut-être un peu moins visible qu'avant, et on est maintenant capables de fonctionner dans la société, comme ils disent.

Avant de débarrer la porte et de nous pousser dehors, on nous a répété la formule magique, avec un grand sourire et une tape dans le dos: un jour à la fois. Les jours se bousculent et s'entrechoquent dans ma tête. Celui qui commence n'a encore rien dans le ventre. Je ne sais ni où il va ni ce que je peux en faire, alors que les anciens se liguent tous contre lui pour l'empêcher de se tailler une petite place au soleil.

Un jour à la fois, d'accord, mais qu'est-ce que ça signifie au juste, hein? C'est du chinois pour moi. Du vrai chinois. Il faudra que je demande à Clo d'éclairer ma lanterne. Elle m'aide à compléter mon lexique.

Depuis le deuxième secondaire, sur les conseils de la psy, je note dans un carnet toutes les expressions que je ne comprends pas et plus tard, bien tranquille dans ma chambre, je les transcris sur une page, côté gauche, du gros cahier à spirale réservé à cet effet. Quand je finis par décrypter le sens qu'elles ont pour le monde en général, je le consigne en vis-à-vis sur la page de droite et, si ça me tente, j'accompagne l'explication d'un petit dessin. Ensuite, chaque fois que je réussis à utiliser la formule en question adéquatement, je m'octroie un point. Par exemple, j'ai écrit plus haut *éclairer ma lanterne*. Cette métaphore figure au bas des pages 41 et 42 et je l'ai déjà employée soixante-sept fois. Je n'ai pas grand mérite, dans ce cas-ci, puisque ma lanterne est souvent éteinte.

Mon lexique n'est jamais bien loin. C'est mon passeport, car je vis un peu comme si j'étais en voyage à l'étranger. En voyage dans un pays dont je posséderais tout le vocabulaire nécessaire pour me débrouiller, mais pas pour entretenir une vraie conversation avec les autochtones. Sauf ici, dans notre appart. Ici, je suis chez moi. Ici, on ne communique pas par énigmes. Ici, quand on dit que les carottes sont cuites, c'est que les carottes sont vraiment cuites, bien qu'on n'en fasse jamais cuire, ici, de carottes, si tu vois ce que je veux dire.

Et si tu portes attention à la question, qui n'en est pas une en réalité, tu verras que les gens ne prononcent pas plus de trois phrases sans avoir recours à une forme quelconque de code et je ne parle même pas des nombreuses figures de style aux noms plus barbares les uns que les autres qui constituent pour moi un embrouillamini incommensurable. Je t'en nomme quelques-unes, juste pour t'impressionner : anaphore, litote, prétérition, oxymore, asyndète. Tu les démêles, toi ? Certains procédés cherchent à adoucir ton propos ou à l'accentuer et même à dire exactement le contraire de ce que tu penses pour renforcer ton idée. Tu imagines le casse-tête ? Ils le font exprès, les charlatans.

Moi, je mesure mes mots. Façon de parler évidemment. Je ne m'exprime pas n'importe comment, tu comprends ? Par exemple, tu ne m'entendras jamais déclarer que je veux aller prendre une marche et pas seulement parce que c'est un anglicisme. Pourquoi est-ce que je voudrais prendre une marche ? Penses-y deux minutes. Et prendre l'air ou, pire : prendre la mer. Essaie un peu pour voir, Bérénice. On a déjà enfermé du monde pour moins que ça. J'ai souvent le goût de dire aux gens :

Entendez-vous les mots sans allure que vous lancez à la face du monde ?

Mais évidemment, je me tais parce que c'est moi, la folle.

En fait, pour dire la vérité, je parle de plus en plus souvent comme les autres, maintenant, puisque je m'exerce à employer dans le bon contexte les métaphores, locutions et autres phrases énigmatiques notées dans mon lexique. Mieux je les maîtriserai, moins je risquerai d'attirer l'attention sur moi par des questions idiotes ou des réactions saugrenues.

Il y a une expression que j'aime particulièrement, mais elle m'a d'abord donné beaucoup de fil à retordre (grande difficulté, lexique, page 21, vers le milieu) : *n'être que l'ombre de soi-même*. Avec le temps, j'ai appris à la comprendre et finalement, je trouve qu'elle me va comme un gant (convenir parfaitement en supposant que le gant soit exactement de la bonne taille, lexique, page 13, en haut). Je lui ai consacré toute la page 5 de mon lexique sur laquelle j'ai dessiné un autoportrait assez réussi.

D'ailleurs, je passe beaucoup de temps à marcher en compagnie de mon ombre. J'aime quand elle me devance et qu'elle s'allonge à n'en plus finir. Je la suis jusqu'à ce qu'elle disparaisse. Je voudrais me confondre avec elle, qui ne dérange rien, qui se glisse sur les choses sans les contrarier, les effleurant à peine et adoptant leurs couleurs et leurs formes. Un peu comme les caméléons.

J'adore les caméléons. Mais sais-tu, Bérénice, qu'ils changent de couleur d'abord pour communiquer et accessoirement seulement pour se camoufler ? C'est de cette manière qu'ils expriment leurs émotions et leurs intentions. Leurs congénères sont donc fixés dès le premier coup d'œil. La belle vie. Et quand je dis dès le premier coup d'œil, c'est à prendre au pied de la lettre, parce que leurs yeux sont indépendants l'un de l'autre et ne convergent que pour attraper une proie.

Ils m'ont bourrée de pilules, m'ont fait dormir pendant des jours, m'ont incitée à manger, à leur parler de

ma vie, de mes rêves, m'ont mise en relation avec différents intervenants. Ils ont fait tout ce qu'ils savent faire,
en somme, mais au bout du compte, je suis repartie de
l'hôpital avec le même bagage qu'avant. Le même bagage
d'angoisse et d'obsessions. Exactement le même. J'ai prétendu le contraire, évidemment, parce que j'ai suivi les
conseils de Clo et que j'ai réussi à devenir un peu hypocrite, avec le temps.

De toute façon, il n'y a pas cinquante-six manières de
guérir de vivre, si tu veux mon humble avis. Ils ont beau
être bardés de diplômes, qu'est-ce qu'ils peuvent contre le
tumulte du monde, le noir du monde, le froid du monde,
pour emprunter les grands mots de Clo?

C'est à l'hôpital que j'ai connu Lucie et que j'ai
retrouvé Clo, que je n'avais pas vue depuis presque cinq
ans. Quatre ans et dix mois et demi, plus précisément.
Je n'avais jamais mis les pieds ni le reste dans ce genre
d'endroit auparavant, mais Clo n'en était pas à sa première dépression et Lucie, qui est une multirécidiviste,
y a ses aises.

À vrai dire, je ne m'y sentais pas si mal que ça, à l'hôpital. La vie passait presque inaperçue comme un long
et même jour tranquille. On savait exactement où on
s'en allait, même si on n'allait nulle part. En tout cas, je
me comprends. Il y avait une heure précise pour chaque
chose et une grosse horloge dans la salle commune. Je
déteste les approximations.

Lucie a toujours vécu à Montréal, dans le quartier
centre-sud, et avant, dans Saint-Michel. Clo vient de
l'ouest, de Westmount, mais elle n'en est pas fière et préfère le taire. Va savoir pourquoi. De toute façon, ça ne
change rien puisque d'après elle, peu importe leur lieu

de résidence, les fous demeurent en banlieue des autres. Et ça saute aux yeux jusque dans leur démarche dont le rythme se brise ici ou là ; dans leur posture qui manque de fluidité ; dans le timbre de leur voix, mal ajusté à la situation ; dans leur façon de regarder ou de ne pas le faire ; dans toute leur manière d'être, en somme, qui sort de l'ordinaire. Et s'il y a une chose à éviter à tout prix dans la vie, c'est bien celle-là, sortir de l'ordinaire. N'importe quel fou l'apprend à ses dépens dès la maternelle.

Alors, on reste entre nous, c'est beaucoup plus facile.

Tu as remarqué ? J'ai écrit ça saute aux yeux (c'est évident comme le nez au milieu de la figure, lexique page 3) le plus naturellement du monde, même s'il est clair comme de l'eau de roche que rien n'a sauté aux yeux de qui que ce soit. Les gens abusent des mots comme s'ils ne coûtaient rien. Même moi, de plus en plus souvent.

Donc, on est trois folles au troisième étage de cet immeuble situé au coin des rues Ontario et Davidson, dans le quartier Hochelaga-Maisonneuve. Trois folles qui se demandent comment occuper le reste de leur vie.

On a déniché l'appart en feuilletant les petites annonces. Marie-Odile, la sœur aînée de Clo, a accepté de signer le bail pour nous. Heureusement, parce qu'aucune de nous trois n'aurait pu donner la moindre garantie. Clo vivait chez un ex avant d'être hospitalisée, Lucie habitait dans un foyer supervisé et moi, je ne voulais plus demander quoi que ce soit à ma chère tante Diane, qui en avait déjà trop fait, si tu veux mon avis.

C'est à elle que mes parents m'avaient confiée quand, à la fin de mon secondaire, ils m'avaient fortement invitée à quitter mon village de Petite-Rivière-Saint-François. Comme je suis une ingrate accomplie, j'ai pris soin de décamper avant leur arrivée, les deux fois qu'ils se sont tapé la route jusqu'à Montréal spécialement pour me voir. Huit heures aller-retour. Sans compter le prix de l'essence.

Marie-Odile, que Clo appelle Marie-O, pour la faire étriver, a versé l'argent du premier mois. Elle s'est beaucoup démenée pour nous en ramassant ici et là tout le bazar nécessaire pour équiper le grand cinq pièces. Je ne sais pas ce qu'on aurait fait sans elle.

Clo vient d'une famille riche et connue dont on parle parfois à la télé et dans les journaux. Ses parents lui ont coupé les vivres à cause de ses innombrables frasques, chutes et rechutes, et comme elle est en rupture de ban avec eux, c'est Marie-Odile qui joue le rôle d'intermédiaire ou de tutrice.

On n'avait jamais mis les pieds dans ce quartier avant, mais l'endroit nous a plu tout de suite. C'est vivant, ça grouille, et ici, on ne devrait pas se faire snober, car les vrais charlatans vivent plus loin, vers l'ouest, comme dit Clo qui les connaît bien.

Il y a du bruit, une grande variété de bruits : klaxons, portières qui claquent, musique s'échappant des fenêtres ouvertes, autos, autobus s'arrêtant et repartant à tout moment et voix des gens qui s'interpellent d'un trottoir à l'autre. Il y a beaucoup de bruit, c'est vrai, rien à voir avec Petite-Rivière, mais comme je laisse toujours jouer ma radio en sourdine, ça va. Je ne m'inquiète pas.

Et si j'allume la radio, ce n'est pas pour écouter de la musique. Je n'écoute pas de musique, car le plus souvent, elle me met dans tous mes états. C'est justement ce qui m'est arrivé samedi dernier lorsque je me suis laissé prendre par une pièce de Fauré au violoncelle qui s'intitule *Après un rêve*. Eh bien, je suis restée figée dans mon lit toute la journée, incapable de faire quoi que ce soit. Donc, le plus souvent, pour éviter ce risque, je syntonise entre deux postes et le grésillement me protège. Il sert de frontière sonore entre le monde et moi.

Rien, ici, ne peut me rappeler mon village, et même si le fleuve se déroule de tout son long à quelques pas seulement, impossible de soupçonner sa présence derrière les industries et les édifices portuaires de la rue Notre-Dame. La vie suit son cours comme s'il n'était pas là, tout près de nous. Et c'est exactement ce que je voulais.

On habite entre deux stations de métro, Joliette et Préfontaine. Il y a des arrêts d'autobus partout et, à deux pas, on trouve des dépanneurs, des casse-croûte, des marchés, deux Dollarama, un Rossy qui est, selon Clo, l'Ogilvy's du petit monde de l'Est, des buanderies, des friperies, une Caisse pop, deux pharmacies, une boulangerie, une crèmerie, un Robin des bois qui vend des meubles usagés, un Monsieur Prix, un Monsieur Banco, un Monsieur Comptant et autres prêteurs sur gages, un magasin de l'Armée du salut, une salle de quilles et de billard, de l'autre côté de la rue, et sept salons de coiffure à l'intérieur d'un seul kilomètre. Pour aller au Village des valeurs, tu marches jusqu'à Pie-IX. C'est aussi de ce côté que se trouve la bibliothèque et le marché Maisonneuve et, quelques rues plus haut, le Jardin botanique, le Biodôme et le parc Maisonneuve. De beaux grands endroits clairs et propres.

Qu'est-ce que tu peux souhaiter de plus ? À Petite-Rivière, quand il nous manquait quelque chose, il fallait attendre qu'on veuille bien nous conduire en auto à Baie-Saint-Paul ou même à Québec.

Tous les mardis, jeudis et dimanches, peu importe le temps qu'il fait, je sillonne les rues de la ville en suivant un programme précis que j'élabore la veille avec soin. Les autres jours, quand je veux être tranquille et que je n'ai pas envie de marcher jusqu'à la bibliothèque, je me rends à l'église de la Nativité-de-la-Sainte-Vierge, au coin de la rue Dézéry. Ce n'est pas pour implorer la clémence de qui que ce soit que j'y vais, non, c'est juste pour l'espace et le silence. Un silence particulier, plein d'échos. J'apporte le livre et mon cahier à dessin et je reste là, une petite heure, ou jusqu'à ce qu'on vienne me prier de sortir. Ils doivent barrer les portes, tu comprends, Bérénice?

De temps en temps, je vais à la biscuiterie Oscar, située rue Ontario, à cinq minutes de chez nous, vers l'est. On y vend une centaine de sortes de biscuits et au moins trois cents variétés de chocolats et de bonbons. Des fois, j'y reste une heure entière à examiner les étalages et à faire des calculs compliqués avant de me décider. Comme on peut acheter plusieurs produits en vrac, je reviens avec, dans mon petit sac de cent grammes, un assortiment de couleurs, de formes, de saveurs et d'odeurs différent chaque fois.

Notre balcon donne sur le salon de coiffure Bellerive. Quand il fait beau, je m'y installe et, sans déranger personne, je regarde les femmes entrer et sortir. Au rez-de-chaussée de notre immeuble, il y a une brasserie qui propose des menus du jour pas trop chers et des spaghettis à 2,99 $. On s'en paye au moins une fois par semaine.

S'il fait trop froid pour m'asseoir dehors, je m'installe dans le vieux fauteuil déglingué qu'on a ramassé sur le trottoir, une le tirant et les deux autres le poussant jusqu'au troisième, et je regarde par la fenêtre passer les véhicules aux heures de pointe, rue Ontario. J'invente des vies aux gens qui, enfermés dans leur auto, ont un but dans la vie et s'en vont quelque part.

Des fois, je leur imagine un souper en tête à tête avec une personne qui les aime, des bougies, une bonne bouteille et une soirée formidable. Le kit complet, comme dans les films. D'autres fois, je leur destine un tas d'emmerdes. Ça dépend. Ça dépend de mon humeur. De ce que je suis prête à faire pour eux. Il y a des jours où je n'ai vraiment rien à leur donner. Alors tant pis, qu'ils se débrouillent.

Chacun ses problèmes, à la fin.

Tous les soirs, je m'installe dans mon lit avec le livre, mais avant de l'ouvrir, je fais rouler ma bague autour de mon doigt pendant quelques minutes. Ne me demande pas pourquoi, c'est une vieille habitude. Quand j'étais petite, ma tante préférée, dont on m'avait donné le prénom puisqu'elle était ma marraine, me l'avait offerte, en guise de cadeau d'adieu. La bague surmontée d'une améthyste était trop grande pour moi et je l'ai gardée en lieu sûr en attendant impatiemment le jour où elle tiendrait enfin dans mon majeur, puis dans mon index et enfin dans mon annulaire. Je ne m'en sépare jamais.

Voilà ce que tu as à me dire, ce soir, Bérénice:

On ne peut sérieusement tout reprendre à zéro sans redevenir sans vie. Mais avant, il faut redevenir singe, saurien, trilobite, protozoaire.

La Lune gibbeuse croissante

La Lune gibbeuse croissante, je suis heureuse de te l'apprendre si tu l'ignorais, est le nom que l'on donne à la phase de la Lune située entre son premier quartier et sa parfaite rondeur. Tu devines ce qu'est la Lune gibbeuse décroissante?

Quand j'en ai assez de regarder dehors, je sors mon cahier à dessin. À l'hôpital, je m'étais mise à barbouiller partout, sur tous les bouts de papier que je trouvais, dans la buée des vitres, sur les napperons, les meubles, les murs, et même sur mes mains. Je pouvais passer des heures à griffonner des petits personnages bizarres, comme enfermés dans des boîtes. Et quand je n'avais ni crayon ni papier, je traçais des formes invisibles avec mon index.

Ah! Clo, baisse le volume!

Elle écoute sa musique à tue-tête et Lucie, qui vient de s'installer au salon pour regarder *Les belles histoires des pays d'en haut*, a beau monter le son, impossible d'entendre les voix de ses chers personnages. Elle commence à s'agiter et elle va nous taper une crise si ça continue. Ce n'est plus vivable ici dedans!

Clo! Clo!

Bon, elle a fini par comprendre.

Un jour, la psy, c'était une jeune en stage, m'a apporté un vrai cahier à dessin et une grosse boîte de crayons. J'ai commencé à faire le portrait des gens de mon unité. Chose étrange, chacun reconnaissait les autres pensionnaires, mais pas sa propre tête. J'ai fini par comprendre : la folie, c'est ça, ne plus correspondre à son reflet. Se renier, divorcer d'avec sa vie, en avoir assez de soi. Ce n'est pas moi qui le dis, mais le dictionnaire : aliéner vient du latin *alienare* : rendre autre.

Juste avant que je parte, l'apprentie psy a feuilleté mon cahier :

Continue comme ça, pis tu vas t'en sortir, j'en suis sûre. L'art est thérapeutique.

Je me suis mise à rire :

T'as jamais entendu parler de Vincent Van Gogh ?

Ça lui a pris deux-trois secondes pour enchaîner :

Lui, c'est un cas à part, un cas très compliqué qui n'a rien à voir avec toi.

Ben tiens donc.

De toute évidence, les gens qui ont la chance d'avoir une face ne sont pas prêts à la perdre (perdre la face : avoir l'air ridicule, faire une folle de soi-même, lexique, page 17) devant la première folle venue. Faut les comprendre. Pas facile d'avoir une face et de la garder tirée à quatre épingles (impeccable, irréprochable, lexique, page 29) beau temps, mauvais temps (n'importe quand, en tout temps, lexique, page 7).

Puis, la psy m'a suggéré d'employer les autres crayons, car jusque-là, je n'avais utilisé que le noir, le marine et le gris foncé. Je me suis énervée :

Je suis folle, d'accord, mais pas assez pour me jeter la tête la première dans les soixante-douze teintes de la boîte de Prismacolor. Tu vois-tu où ça l'a mené, ton cas à part, tout ce jaune, tout ce bleu? Les couleurs se sont peut-être mises d'elles-mêmes à tourbillonner devant ses yeux et l'ont rendu fou. T'as-tu déjà pensé à ça, hein? Est-ce qu'ils t'en parlent de ça à l'université? En tout cas, moi je n'ai pas envie de finir avec une oreille en moins.

Quand je suis tannée de regarder les autos et les clientes du salon de coiffure, tannée de dessiner pour la centième fois Clo, Lucie, la rue, les chaises, le cendrier, la lampe, le frigidaire et toutes les bibittes qui me passent par la tête, je ressors le livre que j'ai piqué à l'hôpital. C'est un service que je leur ai rendu, remarque.

Quelqu'un, la stagiaire, peut-être, elle devait penser que la littérature est thérapeutique, avait eu la brillante idée de placer *L'avalée des avalés* sur l'étagère de la salle commune. On ne pouvait pas le manquer, il sautait aux yeux parmi la dizaine de livres de recettes dans le genre *Comment devenir son meilleur ami en douze leçons faciles*.

Ce livre, ma marraine le traînait toujours dans son sac quand elle venait me garder, à Petite-Rivière. Je l'ai reconnu au premier coup d'œil et je me suis empressée de le cacher sous mon matelas. Il est dangereux, le livre, je le sais parce que je l'ai lu plus tard, à la polyvalente. Il y a des étincelles dans chaque ligne, et tout le monde a la mèche courte ici. Quand on a deux sous de bon sens, on ne laisse pas traîner des allumettes à la portée des pyromanes. Je n'ai pas envie de finir brûlée vive, moi.

Non, mais c'est vrai, Bérénice, tu n'y vas pas de main morte (ou avec le dos de la cuillère: y mettre beaucoup d'énergie, exagérer, ne s'emploie qu'à la forme négative, lexique, page 3), si tu veux mon avis. On lit n'importe quelle ligne et c'est comme un incendie de forêt en pleine sécheresse. On ouvre un mot au hasard et on trouve de l'insurrection armée dedans. Tu parles de partir, de t'enfuir le plus loin possible, de grimper aux arbres, de marcher sur les toits, de sauter d'une étoile à l'autre, de traverser les océans à la nage et de ne rien laisser derrière toi. Rien.

Ton histoire entière est contenue dans chaque phrase comme toute la pluie dans la moindre de ses gouttes. Ça déborde tellement que je ne peux pas lire plus de deux ou trois lignes à la fois, puis je referme le livre et le replace dans sa cachette. C'est comme ça qu'on s'est connues toutes les deux, Bérénice. Et toi, les métaphores, ça ne t'a jamais empêchée de dormir. Tu les embroches par douzaines, tu les fais rôtir et les dégustes en riant. Je m'efforce de t'imiter, comme tu vois.

Mais ma grande activité, mon activité préférée, c'est de sortir et d'aller me coller le nez à la vitrine des salons de coiffure, rue Ontario, comme dans le temps où je traînais dehors. Je reste là à scèner jusqu'à ce qu'on vienne me demander de déguerpir. Paraît que ça incommode la clientèle. Je leur crie :

Mettez des rideaux si vous ne voulez pas qu'on regarde ! La rue appartient à tout le monde.

Mais comme je ne cours pas après les ennuis, je m'éloigne et je vais m'asseoir un peu plus loin, sur le bord du trottoir, pour voir sortir les femmes. Il y en a qui laissent au moins dix ans de leur vie dans le salon. Elles s'en vont toutes pimpantes, heureuses, prêtes à repartir à neuf.

Laisser dix ans derrière soi, ni vu ni connu, tu imagines ?

Et repartir à neuf.

Par contre, les salons du coin ne ressemblent pas du tout à celui de mon rêve. Tu peux en ressortir renippée temporairement, mais pas complètement transformée. Il y a toujours quelque chose qui cloche : ou bien les coiffeuses font la même tête à tout le monde, ou bien les photos qui ornent les murs sont jaunies, un peu quétaines, le mobilier, défraîchi, la cuirette, fendillée, les tuiles les plus abîmées du plancher, remplacées par des neuves qui ne s'agencent pas aux anciennes.

Et puis, les coiffeuses habitent les alentours. Elles s'habillent d'une manière ordinaire qui laisse deviner leur vie ordinaire, si tu vois ce que je veux dire. Une vie que personne ne leur envie puisqu'elle ressemble en tout point à la leur.

Non, pour changer de tête, il faut y mettre le prix et choisir un endroit situé dans un quartier plus chic.

On n'a rien pour rien dans la vie.

Chaque fois que je reçois mon chèque, je cache quelques piastres sous mon matelas pour y aller, un jour, moi aussi, au salon de coiffure. Quand ? Je ne sais pas. Quand je serai prête. Actuellement, ça ne donnerait rien, car il faut avoir les vêtements qui vont convenir à la nouvelle tête qu'on me fera, autrement, j'aurais l'air d'un imposteur. Pire : on ne me laisserait même pas entrer. Ça sauterait aux yeux que je ne suis pas à ma place. Que je n'ai vraiment pas le droit de me trouver au milieu de ce décor-là, parmi ces gens-là, et je pourrais me faire arrêter.

J'ignore combien ça peut coûter. Je téléphonerai en me faisant passer pour quelqu'un d'autre ou je demanderai simplement à Clo. Elle doit savoir tout ça, évidemment. Je choisirai un salon loin d'ici où on ne m'a jamais vue fouiner, un salon très chic et très moderne où tout a été parfaitement agencé par un décorateur professionnel. Clo m'a promis de m'accompagner jusque devant la porte, mais il faudra que j'entre seule.

Je marcherai lentement comme si tout était normal et que j'en avais l'habitude. Je suspendrai mon manteau dans le vestiaire à droite, m'assoirai dans le fauteuil qu'on me désignera. On m'offrira un café. Un lait-deux sucres, s'il vous plaît, même si je n'aime pas le café et que je n'en bois jamais. Je feuilletterai une revue: le *Lundi* ou *La semaine*.

Presse-toi pas, j'ai tout mon temps.

Je tutoierai le personnel parce c'est comme ça que ça fonctionne. En faisant semblant de rien, j'écouterai les conversations. Je les ai vues: les coiffeuses parlent constamment entre elles et avec les clientes. Moi, je ne dirai rien, mais je sourirai en hochant la tête comme si je pensais exactement la même chose: que les jumeaux de Céline sont trop mignons et que moi aussi, ma préférée, c'est Vanessa dans *Occupation double*.

Quand la coiffeuse me demandera ce que je veux, je déposerai mon argent sur le comptoir et je lui répondrai:

Vas-y, enlève-moi dix ans pour que personne ne puisse me reconnaître quand je sortirai.

Même pas moi.

Artémis et le premier croissant de la Lune

Fille de Zeus et de Léto, sœur jumelle d'Apollon, Artémis est associée au croissant de Lune qui orne d'ailleurs sa chevelure. C'est une des trois déesses de la Lune dans la mythologie grecque. Elle est représentée accompagnée d'une biche et portant un carquois. Son domaine se situe à la frontière du monde sauvage et de la civilisation. On dit qu'elle est insoumise et fière, qu'elle guide les égarés et qu'elle éclaire la route aux carrefours de la vie.

Clo se percevait déjà comme une star quand je l'ai vue, la première fois, au Cégep du Vieux-Montréal. Une star qui attend son couronnement. Façon de parler, évidemment.

Je venais de quitter Petite-Rivière et de m'installer chez ma tante Diane. Je m'étais inscrite en arts plastiques et Clo grappillait, depuis un certain temps, dans différents programmes. On avait un cours d'histoire de l'art ensemble.

Contrairement à moi, Clo ne passait pas inaperçue. Elle était plus grande que la majorité des autres filles. Ses yeux faisaient penser à de l'ambre dont la teinte se rapprochait de celle de la tire d'érable et ses cheveux, d'un brun brou de noix, descendaient, très droits, jusqu'au milieu de son dos. Ils étaient particulièrement soyeux et lustrés. On avait envie de les toucher. Elle déambulait dans l'école en parlant fort et en riant fort. Beaucoup trop fort, si tu veux mon humble avis.

À cette époque, elle habitait encore chez ses parents, dans leur grosse baraque de Westmount. Elle avait abouti au Cégep du Vieux-Montréal après avoir été remerciée de toutes les institutions scolaires privées situées à l'ouest de Saint-Laurent. La première fois qu'elle m'avait amenée chez elle, j'étais tombée sur le cul, pour parler vulgairement. Je ne savais même pas que ça existait, à Montréal, des maisons comme ça. Je pensais qu'il n'y en avait que dans les films hollywoodiens. Des maisons avec du personnel. Des maisons dans lesquelles tu peux séjourner longtemps sans rencontrer âme qui vive.

En classe, un jour, le prof avait dit quelque chose d'anodin et de stupide aux oreilles de tous les autres étudiants, il me semble, peut-être un commentaire teinté de sexisme, qui avait énervé Clo. Elle s'était levée et avait pointé le prof en proférant une foule d'insultes dignes du capitaine Haddock. La colère grandiose qu'elle avait piquée ressemblait aux orages qui éclataient dans le ciel de Petite-Rivière, autrefois, et qui éclatent peut-être encore, d'ailleurs, même si je ne suis plus là pour le constater. Il faut être bête pour penser que tout tourne autour de sa petite personne. Clo avait ensuite renversé sa chaise et était sortie en claquant la porte, laissant le prof abasourdi et toute la classe pantoise.

Il y avait tant de démesure dans cette colère que, fascinée, j'avais tout fait pour me rapprocher de cette fille fantasque qui, de toute évidence, ne possédait ni le sens des convenances ni celui des limites. J'avais compris ce jour-là, hors de tout doute raisonnable, que Clo ne faisait pas partie de la gang des charlatans.

Les charlatans, tu sais bien Bérénice, ceux qui sont capables de dire le contraire de ce qu'ils pensent et de faire le contraire de ce qu'ils disent, qui affirment qu'il suffit de vouloir pour obtenir, que le monde appartient à ceux qui se lèvent tôt, qui connaissent les rouages de la vie, qui prennent plaisir à te les expliquer et qui jureraient, même sous la torture, saisir le sens profond de l'existence.

Je me suis mise à suivre Clo et à tout faire pour qu'elle devienne mon amie, ma première amie, car malgré mes nombreuses tentatives, je n'avais pas réussi à m'en faire une avant. Au primaire, je restais dans mon coin. Et au secondaire, après avoir constaté que j'étais l'objet de gageures, qu'on écrivait des niaiseries sur ma case, qu'on s'amusait à cacher mon matériel scolaire ou à occuper ma place en espérant que je perde les pédales et que le cours soit perturbé, je m'étais tenue encore plus à l'écart. Je me réfugiais à la bibliothèque ou j'allais marcher durant les pauses.

J'étais le satellite de Clo, si tu vois ce que je veux dire, et, par miracle, je ne semblais pas lui tomber sur les nerfs comme c'était le cas avec la plupart des gens. Quand ça arrivait, que je lui cassais les oreilles avec mes histoires de Lune, par exemple, elle se contentait de me dire, en se moquant de mon syndrome :

Relaxe, arrête de faire l'asperge, deux minutes.

J'ai même habité chez elle durant presque toute une année scolaire.

Clo ne croit pas aux syndromes ni aux étiquettes de quelque sorte que ce soit. Il s'agirait d'inventions pour éloigner ceux qui dérangent parce qu'ils ne se conforment pas en tout point aux diktats sociaux. Les éloigner, les ostraciser et ne pas leur donner leur part du gâteau.

Quel gâteau?

Clo ne répond pas à ce genre de questions. Elle se contente de hausser les épaules. Elle pense que les humains sont tous différents les uns des autres et que, de ce fait, les gens normaux n'existent pas. Un syndrome? Chacun posséderait le sien.

Elle aurait, selon le dernier des nombreux spécialistes qu'elle a rencontrés, une personnalité *borderline*. Le psy lui a fait part de son diagnostic au bout d'une dizaine de rencontres et d'une facture astronomique.

Toute une nouvelle! Depuis le temps que je travaille là-dessus! lui a-t-elle lancé. T'as-tu trouvé ça tout seul, mon joli petit monsieur à cravate? Et ta sœur, elle est comment, sa personnalité, à ta sœur? Tu te sens-tu mieux maintenant que tu peux envoyer ton *bill* à mes parents? Tu veux dire quoi, au juste, par colère subite et impulsivité? Je suis pas certaine de comprendre. Ça pourrait-tu ressembler à ça?

Clo s'est levée, a allongé le bras et a jeté par terre, d'un seul coup, tout le dessus du bureau du grand spécialiste de la psyché humaine, statuettes africaines et vase de Chine y compris.

Moi, je ne sais pas. Tout le monde ne se faisait pas traiter de mongole à roulettes dans la cour d'école de Petite-Rivière. Tout le monde ne restait pas seul dans son coin, car il n'y en aurait pas eu assez, de coins, si tu vois ce que je veux dire. Et tout le monde, non plus, ne s'est pas fait arrêter par la police comme Clo ni n'a avalé des flacons de pilules comme Lucie.

Dans des circonstances différentes et hors de notre contrôle, si je peux m'exprimer ainsi, on a quitté le cégep avant la fin de nos études. On s'est perdues de vue jusqu'à ce que nos vies se déglinguent complètement et qu'on se retrouve, par le plus grand des hasards, dans l'aile psychiatrique de l'hôpital Maisonneuve-Rosemont, d'où on a été congédiées le même jour. Comme on se trouvait toutes les deux sans appartement et qu'on refusait d'être hébergées dans un foyer de groupe, on a décidé de cohabiter.

Lucie terminait son énième séjour à l'hôpital, à ce moment-là. Depuis des décennies, elle revenait réguliè-rement vers son *alma mater*. J'ignore pourquoi on s'était prises d'affection pour ce petit fantôme plein de manies, Clo et moi. Qu'avait-on de commun avec cette vieille femme? Pourquoi lui avoir proposé d'emménager avec nous?

Il y avait bien quelque chose qui nous avait plu chez elle, une manière de s'arrêter devant des riens que per-sonne d'autre ne remarquait: une toile d'araignée que le soleil venait de débusquer dans une encoignure, un insecte égaré qu'elle allait reconduire précautionneu-sement à la porte et cette fois où, malgré qu'elle parût complètement abrutie par les médicaments, on l'avait vue sourire longuement devant le dessin que formaient les fissures dans la vitre de la salle commune. De plus, on avait vite pris l'habitude d'écouter les chansons qu'elle entonnait tous les soirs quand chacune regagnait sa cou-chette. Et, c'est fou à dire, voilà pourquoi on évitait d'en parler, mais sa voix fluette nous réconfortait. On était devenues accros.

C'était bien suffisant, mais on avait également une motivation plus pragmatique: Lucie ne prendrait pas davantage de place qu'une souris dans l'appart, mais paierait tout de même le tiers des dépenses, ce qui était à considérer, compte tenu de l'état déplorable de nos finances respectives.

Et moi, j'en prends conscience maintenant, je souhaitais d'abord la présence de Lucie parce que, sur toute la surface de la Terre, il n'y avait qu'elle à vouloir écouter mes histoires en long et en large et même à en redemander. Elle s'assoyait tranquillement et me fixait en hochant la tête comme pour m'encourager à continuer, à recommencer, encore et encore.

Avec Clo, Lucie est la seule personne dont je suis capable de soutenir le regard longtemps, sans être mal à l'aise. Pendant que les autres me parlent, mes yeux papillonnent sans cesse. Ils croisent les leurs pendant une fraction de seconde, puis vont se poser sur leur oreille, leur front, leur joue, leur sourcil, leur nez, leur bouche, comme une mouche qu'on chasse d'un mouvement d'impatience. Et je vois que ça les agace.

Toujours est-il qu'on lui a proposé de faire un bout d'essai avec nous et d'occuper la troisième chambre du grand logement qu'on venait de dénicher au coin d'Ontario et Davidson. Et après tout, qu'avait-elle à perdre? Elle avait déjà pas mal tout perdu et elle s'en sortirait peut-être mieux en notre compagnie.

Lucie a rejeté les propositions des services sociaux qui voulaient la caser dans une résidence de vieux et elle a accepté notre offre tout de suite, sans poser la moindre question.

Notre cohabitation improbable dure depuis bientôt trois mois et, franchement, mis à part les engueulades hebdomadaires que déclenche Clo pour des raisons connues d'elle seule, les trois grosses crises de Lucie qui lui ont valu des allers-retours à l'hôpital et mes quelques paniques nocturnes, ça ne va pas trop mal. Pas trop mal du tout.

On se croise les doigts et on touche du bois, comme disait ma mère, du temps de Petite-Rivière.

Le lac des Songes

Le lac des Songes, en latin, *lacus Somniorum*, comme tu l'as sûrement deviné, n'est pas une composition inédite de Tchaïkovski, mais bien l'une des nombreuses plaines basaltiques de la Lune, de moins grande envergure qu'une mer, et dont le diamètre est de 384 km.

Je viens de passer une heure entière à réciter des noms de rue à Lucie. Cette litanie la met en joie. Quand elle en reconnaît un, elle lève la main et ça lui donne un point. C'est un jeu entre nous. Un jeu stupide, selon Clo, qui s'est enfermée dans sa chambre pour ne pas voir le zombie et l'asperge s'amuser comme des petites folles. Elle nous appelle comme ça quand elle ne veut plus rien savoir de nous, d'elle-même et de la vie en général.

Je procède par ordre alphabétique. Ce soir, c'était au tour des R. On s'est régalées, il y en a tellement : Rabelais, Racette, Rachel, Racine et ainsi de suite. Quand on en a eu assez, il était 9 h 30 et on est allées se coucher. Avant que Lucie commence son concert, j'ai ouvert le livre pour entendre ce que tu as à me dire, ce soir, Bérénice :

Ses yeux, d'une transparence hyaline et d'un bleu lunaire embrassent fixement la tempête. Ses yeux sont aquatiques. Ils luisent comme deux trous d'eau à la surface de son visage. Les yeux, quand ils sont ouverts, me fascinent.

J'adhère de l'âme aux yeux ouverts, aux yeux ouverts des êtres humains comme aux yeux ouverts des animaux.

Clo a débarqué dans ma chambre, les yeux barbouillés de rimmel. Je voyais bien qu'elle avait pleuré à cause des sillons noirs sur ses joues. Elle m'a fait signe d'éteindre la lampe. Elle s'est assise au pied de mon lit, a appuyé son dos au mur et a fermé les yeux. Je le savais parce que le lampadaire de la rue Ontario éclaire un peu la pièce, même quand le store est fermé. Je l'ai entendue murmurer :

J'en ai marre. Tellement marre ! Je suis à bout. J'arrive jamais à rien. Je bousille tout ce que je touche. Tout finit toujours mal. Je suis nulle. À quoi ça sert de continuer ?

Qu'est-ce que j'aurais dû faire : parler ou me taire, lui toucher le bras ou pas ? Dans le doute, comme le conseille la devise, je me suis abstenue. Quand Clo a ses règles, elle est encore plus elle-même que d'habitude, si tu vois ce que je veux dire.

Un jour, Clo déclare que la vie est formidable, qu'elle l'aime à en crever, et le lendemain, que c'est une sale vache à qui elle promet un chien de sa chienne. Ne me demande pas ce que ça signifie. Je lui dis :

Fais-toi une idée, Clo. C'est la même vie qu'hier.

Elle prétend que je ne comprends rien à rien, ce qui est assez vrai, au fond. Si tu lui poses la question, Lucie se contentera de répondre lentement, le regard vague :

La vie, la vie… Ah… la vie.

Moi, j'ai tranché le sujet une bonne fois pour toutes : la vie n'est pas à aimer ou à détester. C'est une simple vue de l'esprit car, pour exister, elle a besoin qu'on la pense. Je n'ai jamais réussi à trouver sa couleur. Elle reste insaisissable, du moins pour une personne comme moi. C'est bien tout ce que je peux en dire. Et à la fin de mes jours, au moment de rendre l'âme, façon de parler, je ne veux pas que mon existence défile sous mes yeux. Non, une fois, c'est assez. J'aimerais plutôt revoir les paysages que j'ai aimés et ceux dont j'ai rêvé. Je mourrais en disant : je suis venue et j'ai vu. Voilà.

Au bout d'un court silence, Lucie a poussé sa première chanson. C'est une sorte de prière autour d'un feu de camp qu'elle a apprise du temps qu'elle était guide.

Avant d'aller dormir sous les étoiles…

Il y a quelque chose d'apaisant et de primitif dans cette chanson-là. Quelque chose qui nous réunit toutes les trois. C'est comme si on se retrouvait ensemble au commencement du monde.

Avant d'aller dormir sous les étoiles,
doux maître humblement z'à genoux…

Elle a fait la liaison. Je le lui crie tous les soirs :

Lucie, humblement, ça finit par un *t*, pas par un *s* !

Mais c'est plus fort qu'elle.

Laisse-la faire, m'a murmuré Clo, entre deux sanglots. C'est comme ça que la chanson est entrée dans sa caboche, il y a soixante ans, et c'est comme ça qu'elle va y rester jusqu'à la fin des temps.

La folie et la souplesse ne font pas bon ménage, faut croire.

Tes filles t'ouvrent leur cœur sans voile.
Si nous avons péché, pardonne-nous.

Tout s'efface, se répare, redevient neuf, tu comprends ? J'aime cette idée. Je ne crois pas aux dieux, ni aux péchés ni rien. Je ne m'attends pas à ce qu'on vienne m'accueillir, de l'autre bord, quand ma vie basculera dans le néant. Non, ce que j'aime, c'est le sentiment de redevenir un petit enfant qui s'abandonne dans les bras qui le bercent. Ou comme l'eau qui coule sur ma tête dans mon rêve de salon de coiffure. Mais Lucie, elle, croit encore à tout ça. Elle a accroché des chapelets lumineux et des images pieuses à son mur. Chacun fait comme il peut. On la laisse tranquille, même si on trouve ça niaiseux, Clo et moi.

Éloigne de ce camp le mal qui passe
Cherchant dans la nuit son butin...

Les murs tombent. Il n'y a plus qu'une poignée d'humains couchés dans la nuit, à même le sol. Je nous vois autour du feu et je distingue l'ombre qui se faufile entre les arbres, qui se tapit derrière un rocher. L'ombre guette, attend son heure.

Sans toi, de toutes les menaces,
qui nous protégera, berger divin.

Clo a enfin cessé de renifler. Elle a replié ses genoux sur sa poitrine, les a entourés de ses bras et y a posé la tête. Lucie a entonné d'autres chants scouts, elle en connaît des dizaines et des dizaines, qui parlent de route, de soleil qui tape, d'amitié et de feux de camp. Elle termine invariablement son récital par une berceuse. Sa voix devient alors chevrotante. Des sanglots l'interrompent un instant, puis elle reprend vaillamment. C'est pour son fils.

Elle ne l'a pas dit, mais on l'a deviné à cause des petites bribes de confidences qu'elle a laissé échapper au fil du temps et qu'on a fini par coller bout à bout, façon de parler. Il est dans la quarantaine maintenant. Il devait avoir quinze ou seize ans la dernière fois qu'elle l'a vu. Il ne veut plus rien savoir d'elle, à ce qu'il paraît. Mais tous les soirs, elle lui chante une berceuse comme pour garder le contact. Elle doit s'imaginer qu'il l'entend.

Et puis, qu'est-ce qu'on en sait, après tout?

Dans ses chansons, il y a beaucoup de toujours et de jamais. Comme dit Clo, on ne peut pas s'empêcher de les prononcer, ces mots-là, ces mots inhumains qui font sourire les dieux aux têtes de gargouilles bizarres et ridicules, perchés sur leur nuage.

L'océan des Tempêtes

L'océan des Tempêtes, situé à l'ouest de la face visible de la Lune, est la plus grande des mers lunaires. Contrairement aux autres, elle ne se limite pas à un seul bassin d'impact. À ses frontières se trouvent plusieurs mers et baies.

Clo débarque en coup de vent (à toute vitesse, comme une énervée ou comme Clo en général, lexique, page 22) dans ma chambre et s'assoit sur mon lit dans sa minuscule robe de nuit qu'elle appelle une nuisette. Elle a apporté un gros bol de chips et deux verres de Coke pour se faire pardonner son intrusion dans ma vie privée, alors que j'étais en train de feuilleter le livre. Qu'elle soit tout habillée ou non, Clo vit toujours sa vie en petite tenue, si tu comprends ma métaphore.

Penses-tu qu'elle me demande si elle me dérange? Il faut qu'elle me parle là, tout de suite, immédiatement. Elle s'est amourachée d'un nouveau gars qui vient faire son tour à l'appart deux ou trois fois par semaine.

Qu'est-ce qu'il est devenu, celui qui portait des Merrell bruns?

Ah! Parle-moi pas de cet imbécile-là! C'est le dernier des cons. Je me demande bien comment il a pu réussir à me plaire.

Bonne question, mais le nouveau, selon mon humble avis, ne vaut guère mieux que le précédent. À chacune de ses visites, j'ai filé dans ma chambre après l'avoir examiné rapidement. Il est costaud, pas antipathique ni rien. Il ne sent pas mauvais, ne laisse pas de traces de pieds sales sur notre plancher, ne parle pas trop fort, mais je ne sais pas, on ne se blaire pas tellement, tous les deux. Je n'aime pas sa voix, ni son regard, ni ses mains, ni son prénom que j'ai oublié aussi vite. Et puis, je lui trouve un petit air de charlatan. Ce n'est pas parce qu'il arrive les bras chargés de chocolats et autres cochonneries que ça va changer quelque chose à mon opinion. On ne m'achète pas aussi facilement.

Clo dit que celui-là, c'est l'homme de sa vie. J'ai déjà entendu ça au moins cinq fois depuis qu'on a emménagé ensemble. Je le lui rappelle, mais elle ne m'écoute pas. Elle a une mémoire très sélective et affirme le plus sérieusement du monde :

Rien à voir avec l'autre débile. Cette fois-ci, c'est différent.

Ben voyons…

Comme il ne l'invite jamais chez lui, et pourquoi donc, j'aimerais bien le savoir, leur histoire se déroule à notre vue et à notre su. Lucie regarde ailleurs. Tout ça la dépasse complètement. Trop occupée avec son tricot, ses sorties et ses *Belles histoires des pays d'en haut*, elle ne comprend pas que notre avenir dépend de notre cohésion. Bon, je me suis permis une enflure verbale en employant dans la même phrase avenir et cohésion, mais en tout cas, je me comprends. Clo commence même à parler d'aller vivre avec le gars.

Et lui, Clo, qu'est-ce qu'il en pense, lui ?

Il paraît qu'il ne dit pas non.

Tout va bien, tout va parfaitement bien au coin d'Ontario et Davidson, alors pourquoi changer les choses? Pourquoi, pourquoi, pourquoi? Touche à rien, Clo. Prends ton temps, Clo.

Elle me fait signe que oui, que je peux arrêter de tousser et de tortiller mon t-shirt, qu'elle va prendre son temps, mais je sens bien qu'elle ne pense qu'à se précipiter. Elle se précipite avec les apparences de la lenteur. Les apparences seulement. Clo est la précipitation incarnée. Elle se retient à deux mains, mais jusqu'à quand? Je vois bien qu'elle veut se blottir dans les bras du grand costaud, se construire un petit nid au creux de son épaule. Être adoptée.

Et ça peut mal tourner.

Je la connais, son histoire, à Clo. Je ne suis pas la seule, d'ailleurs. Ce n'était pas une histoire confidentielle, si tu vois ce que je veux dire. Clo a fait une folle d'elle. Au sens propre. Une vraie folle. Tu peux me croire. On fréquentait le cégep à ce moment-là. Elle avait commencé à sortir avec un étudiant qui s'appelait Éric. Quand je dis sortir, elle le suivait à la trace, lui offrait de somptueux cadeaux, apprenait des poèmes qu'elle lui récitait par cœur, à la moindre occasion, s'interposait entre ses amis et lui à tout bout de champ. Une vraie teigne.

Éric aimait bien Clo, au début, en tout cas. C'était flatteur, je suppose, d'être adulé de la sorte. Ils avaient l'air de filer le parfait amour, mais à un moment, il a commencé à étouffer. S'il sortait sans elle, un soir, elle téléphonait à ses amis pour savoir où il se trouvait, allait le rejoindre, fondait en larmes ou lui faisait des scènes en pleine cafétéria.

Il a fini par rompre, mais Clo ne l'entendait pas comme ça. Qu'est-ce que c'était, que cette décision unilatérale ? Il ne lui avait pas demandé son avis et elle était concernée au premier chef, après tout. Elle s'arrangeait pour se trouver le plus souvent possible en travers de son chemin. Il en a eu assez et, un beau jour, il lui a dit sa façon de penser, ses quatre ou cinq vérités, qu'il ne voulait plus rien savoir d'elle, qu'elle était cinglée et même qu'il en aimait une autre.

Clo s'est effondrée. Pendant quelque temps, elle est restée chez elle, complètement sonnée, mais ensuite, elle est revenue se promener comme un fantôme dans les corridors du cégep. Elle faisait semblant d'assister à ses cours mais, en réalité, elle n'y était que pour respirer le même air que son ancienne flamme. Elle ne lui parlait plus, ne l'approchait plus, ne le regardait plus en face.

Je lui avais dit :

T'es belle, Clo, tu pourras te faire un autre *chum* facilement. Éric est pas le seul gars intéressant en ville. Il y en a des tonnes comme lui et même des plus beaux, des plus brillants, des plus fins. Des gars qui vont être fous de joie de se faire réciter des poèmes par une fille comme toi.

J'étais stupide dans ce temps-là, je ne le dis pas pour me vanter, mais j'étais encore plus stupide que maintenant, et je ne comprenais pas grand-chose à l'amour pour dire des niaiseries comme ça. Et c'est exactement ce que Clo m'a répondu. Elle avait une idée fixe : être avec Éric, reconquérir Éric.

Les gens normaux ont plusieurs idées en même temps. Clo ne pensait qu'à Éric. Les gens normaux font mille choses dans une journée. Clo ne faisait que mijoter des plans pour se rapprocher d'Éric. Les gens normaux, tu leur demandes si ça va bien, ils te répondent :

Oui, ça va bien, ou il le faut, ou encore, sur un ton dynamique : Toujours !

Tu n'en crois rien, ils n'en croient rien non plus, mais ils sauvent la face. Et c'est ce qui est, sans contredit, la principale caractéristique des gens normaux.

Clo ne répondait ni ça va ni rien, car de toute façon, personne n'aurait osé lui poser la question. Et qui a envie d'entendre la vraie réponse, là, sur le coin de la rue ? Alors tout le monde l'évitait, sauf moi.

Je suivais Clo en silence. On assistait à des conférences à l'auditorium, assises quelques rangées derrière Éric, sa blonde et ses amis. On allait regarder des films au ciné-club du collège, quand Éric et sa gang y étaient. On allait dîner à la cafétéria, à quelques tables d'eux, mais Clo ne mangeait rien, n'écoutait rien. Elle regardait Éric à la dérobée. Elle épiait chacune de ses expressions, chacun de ses gestes.

Quelque chose allait forcément finir par éclater. Pas besoin de s'appeler Nostradamus. C'était comme jadis, dans le ciel de Petite-Rivière, quand les nuages commençaient à s'agglutiner, mine de rien, et passaient doucement du gris perle, au gris de Payne, puis au violet d'outremer.

Et c'est exactement ce qui est arrivé.

Clo s'est mise à téléphoner chez Éric à toutes les heures du jour et de la nuit. S'il ne répondait pas, elle laissait d'interminables messages sur son répondeur. Elle lui écrivait des lettres qu'elle allait livrer elle-même. Elle sonnait à sa porte ou, s'il était absent, faisait les cent pas jusqu'à son retour, sous la pluie, la neige et par tous les temps. En fait, il n'y a rien qu'elle ne faisait pas pour être aimée de lui. Elle est allée jusqu'à suivre sa blonde et à la menacer.

Clo croyait mordicus qu'Éric ne pourrait pas résister indéfiniment à la force de son désir. Un jour, il comprendrait qu'aucune autre femme au monde ne l'aimerait autant qu'elle. Il allait ouvrir les yeux et lui revenir en regrettant amèrement de l'avoir fait souffrir. Elle lui pardonnerait et ils seraient heureux, ensemble, jusqu'à la fin des temps (une autre manière de dire toujours, lexique, page 29, le contraire de la nuit des temps). Clo ne pouvait pas imaginer un autre dénouement.

Éric a demandé l'aide de Marie-Odile, qui a bien essayé de faire entendre raison à sa sœur, mais sans succès. Un jour, Clo est entrée chez Éric après avoir fracturé un carreau de la porte arrière. Elle a ouvert une bouteille, s'est couchée nue dans son lit et l'a attendu bien au chaud en sirotant son vin. Lorsqu'il est arrivé, bras dessus bras dessous avec sa blonde et qu'il l'a aperçue, il a appelé la police. Avant que les flics se pointent, Clo, toujours flambant nue, a eu le temps de faire du grabuge. Elle a renversé des rayons de la bibliothèque, des bibelots, des meubles et elle a sauté sur la fille.

Je te laisse deviner la suite.

C'est quelqu'un, Clo, tu l'aimerais toi aussi, Bérénice.

Séléné, déesse de la Lune

Dans la mythologie grecque, Séléné, associée à la pleine lune, est la sœur du Soleil, Hélios, et de l'aurore, Éos. On la décrit comme une jeune femme très belle qui parcourt le ciel sur son char d'argent. Son visage ferait même pâlir les étoiles.

On peut observer la pleine lune quand le Soleil, la Terre et la Lune sont approximativement alignés, ce qui s'appelle une syzygie. Lorsque le trio l'est parfaitement, on assiste plutôt à une éclipse.

Quand je me poste à la fenêtre pour guetter la Lune, Clo me dit que je suis *fuckée*. Moi, je m'en fous. Je lui crie, sur le même ton : Folle toi-même ! Car j'essaie autant que possible de ne parler qu'une langue à la fois. C'est déjà bien assez compliqué comme ça.

J'entends Clo qui rigole à la cuisine. Elle casse la croûte avec son *chum* après nous avoir cassé les oreilles pendant plus d'une heure. Bon, dans ce cas-ci, le mot anglais *chum* convient mieux qu'amoureux, qui serait nettement abusif. *Chum* est une sorte de générique qui peut s'appliquer à bien du monde : collègue, camarade, mari et même copine (ma *chum* de fille). Elle crie à Lucie d'en finir au plus vite avec son petit lavage, car ils doivent aller se doucher.

J'ouvre le livre au hasard :

Quand je serai grande, je ne passerai pas mon temps à déambuler paresseusement dans l'herbe morte. Je serai partie pour un lieu d'où l'on ne revient pas, un lieu où l'on arrive en passant par des lieux où l'on ne s'arrête pas.

J'habite ici, mais je vis aussi ailleurs.

Ailleurs tout en étant ici, si tu comprends ce que je veux dire. Et mon but dans la vie, c'est d'arriver à voir les choses telles qu'elles sont, comme si je n'étais qu'un regard, tu comprends ?

Sors de la Lune, m'ont crié, pendant des années, toutes les maîtresses de la petite école de Petite-Rivière-Saint-François et ensuite, les profs de la polyvalente de Baie-Saint-Paul, avant qu'ils finissent par ne plus me voir.

Bon, t'es encore dans la Lune, me disaient ma mère et toute la sainte famille lorsque, à table, je ne me mêlais pas aux conversations ni ne répondais aux questions, quand à l'église je ne me levais pas au bon moment et que je ne baissais pas les yeux pendant la consécration.

Si ma mère se plaignait d'avoir des papillons dans l'estomac ou des fourmis dans les jambes, j'insistais pour les voir :

Je veux voir ! Je veux voir ! Je veux voir ! Montre-moi, maman !

Elle se fâchait en me criant de ne pas toujours tout prendre au pied de la lettre. Le pied des lettres ? Mon père lui répondait :

Tu vois bien que ta fille a une araignée dans le plafond.

Quand il était question de moi, mon père disait toujours *ta fille*.

Parfois ma mère soupirait :

Reste tranquille, Violette, maman a pas réussi à fermer l'œil de la nuit.

Elle employait le mot *maman* pour se désigner elle-même, comme s'il s'agissait d'une autre personne. Je restais tranquille à me creuser la tête en répétant la phrase de ma mère : *maman a pas réussi à fermer l'œil de la nuit, fermer l'œil de la nuit, l'œil de la nuit.* Et j'avais beau retourner le sujet dans tous les sens, elle parlait forcément de la Lune. J'ai donc longtemps cru qu'elle possédait des pouvoirs extraordinaires qui ne fonctionnaient que par intermittence. Elle était peut-être une espèce de fée des étoiles qui aurait abouti par erreur dans le monde étriqué de Petite-Rivière dont elle n'arrivait plus à repartir. Alors, chaque fois que je scrutais le ciel sans y trouver l'astre en question, je la félicitais en espérant qu'elle me révèle son secret :

Bravo, maman, t'as réussi à fermer l'œil de la nuit !

Elle se contentait de froncer les sourcils et de hausser les épaules.

Je cherchais à comprendre ses motivations, car, à la fin, pourquoi vouloir absolument fermer l'œil de la nuit ? Il aurait été plus utile d'arrêter le sang ou de prédire l'avenir, par exemple. Alors, j'ai posé la question à mon enseignante :

Vous êtes-tu capable de fermer l'œil de la nuit, vous, madame ? Ma mère, elle, elle y arrive pas toujours.

Elle a réfléchi deux minutes :

Ta mère fait de l'insomnie ? Tu veux savoir si je dors bien ? Merci de t'en inquiéter. Je dors sur mes deux oreilles !

Voilà autre chose : comment dormir sur ses deux oreilles ?

Quand j'ai pu avoir accès à un ordinateur, à l'école, j'ai commencé à faire des recherches sur la Lune et je me suis vraiment éprise d'elle en découvrant la variété de ses paysages et les noms de ses mers, lacs, marais, golfes, vallées, rainures, montagnes, caps et cratères. À partir de ce moment-là, je m'y suis sentie comme chez moi.

Ceux qui ont le pouvoir de baptiser des lieux qui ne leur appartiennent même pas ont affublé les paysages lunaires de noms empruntés à des explorateurs ou à des savants, à la géographie terrestre, aux saisons et aux sentiments humains. Rien à voir avec la vraie nature de la Lune. Clo dit que c'est toujours la même chose dans la vie : pour appréhender l'étranger, que fait-on ? On part de ce qu'on connaît, comme si tout ce qui n'est pas soi en est un miroir ou une extension. D'où les malentendus sans fin.

Avant qu'on me demande d'en sortir, je ne savais même pas que j'y étais, moi, dans la Lune et, petit à petit, à force d'entendre toujours répéter la même chose, j'ai fini par en faire mon royaume. Je me suis mise à me percevoir comme déambulant à l'intérieur d'une sphère diaphane et le soir, par temps clair, je me postais à la fenêtre pour attendre tranquillement le lever de la Lune au-dessus du fleuve.

Les Sélénites sont peut-être très nombreux, mais personne ne peut le dire parce qu'on ne rencontre jamais âme qui vive quand on se promène sur la Lune et c'est ce qui est bien si tu aimes avoir la paix. Pas de passeport, là-bas, ni de permis de quoi que ce soit. Aucune borne routière ni chemin tout tracé. Jamais d'élections, d'embouteillages, de limites de vitesse, de réunions, de quiproquos, d'engueulades ni de conversations au bord d'un lac ou sur un cap.

La paix, je te dis.

La maîtresse de quatrième année, plus futée que les précédentes, a voulu que je rencontre la psychologue scolaire. Mes crises répétées pour ne pas sortir aux récréations l'intriguaient. Elle ne trouvait pas normal que je cherche à fuir mes compagnons de classe qui se transformaient pourtant en fauves féroces aussitôt que la cloche sonnait.

En outre, il y avait ces expressions dont je ne saisissais pas le sens malgré l'étendue de mon vocabulaire, ce ton monocorde que j'adoptais en toutes circonstances, sauf quand je perdais les pédales, et ce léger accent français qui piquait sa curiosité. Car elle prétendait que j'avais un léger accent français. D'où me venait-il alors que j'étais née à Petite-Rivière, comme mes ancêtres des deux côtés? Ma famille descendait même en droite ligne du fondateur du village, Claude Bouchard, qui s'y installa en 1675.

J'avais bien tenté de socialiser, comme elle disait, mais ça ne marchait jamais malgré toutes les récompenses qu'elle me promettait. Les jeux des autres enfants, je ne les comprenais pas. Ils passaient des heures à sauter sur des rectangles tracés à la craie, à jouer à qui arrivera le premier à la clôture ou à inventer des histoires conjuguées à l'imparfait: « Toi, t'étais la reine et moi, j'arrivais au château sur mon cheval blanc… » Ils s'amusaient même à domestiquer des sauterelles ou des coccinelles et à arracher les ailes des papillons. Il n'y en avait plus un seul en mesure de voler dans tout le village, à part ceux que j'arrivais à attraper.

Et si je restais assise bien sagement, je me sentais exactement comme le papillon enfermé dans un petit bocal caché dans mon pupitre. Je me frappais, comme lui, aux parois de la classe. Façon de parler, évidemment. À la fin de la journée, je m'empressais d'aller libérer mon protégé assez loin pour qu'il soit hors de portée des autres.

Les enfants terribles. Les apprentis charlatans.

Ceux qui faisaient semblant de vouloir devenir mes amis et qui s'amusaient à me faire répéter des gros mots. Ceux qui me promettaient de jouer avec moi si j'acceptais de baisser ma culotte, de leur donner ma collation ou de commettre un mauvais coup et qui ne tenaient jamais leurs promesses. Ceux qui me traitaient de mongole à roulettes et de sans-génie, même si j'étais première dans toutes les matières, sauf en éducation physique, parce que je refusais catégoriquement de participer au cours. Si on voulait m'y contraindre, je frappais, mordais, hurlais.

On a fini par se résigner à me laisser tranquille, dans mon coin.

La maîtresse, qui soupçonnait une sorte de syndrome, a eu la bonne idée de partager ses interrogations avec ma mère qui s'est empressée de me chicaner. Un syndrome? Il n'y en avait jamais eu dans la famille. Des pieds bots, un bec de lièvre, des gauchers, des ongles incarnés, des verrues plantaires, un vieil oncle trisomique, deux cas de strabisme, mais aucun syndrome. Le jour où elle a enfin compris que le problème dont j'étais affligée n'était ni guérissable ni contagieux, elle a pris son mal en patience et a renoncé à essayer de faire quelqu'un avec moi.

C'est grand, Charlevoix, surtout en hiver. Façon de parler. Et la psy étant occupée ailleurs, je suis arrivée à la polyvalente sans l'avoir rencontrée, mais en deuxième secondaire, j'ai enfin été appelée à son bureau. C'était une drôle de femme, grande, énervée et fantasque comme un cheval sauvage, qui parlait vite et fort et qui portait toujours des ballerines.

Ah! C'est donc toi que tout le monde surnomme la débile bollée? m'a-t-elle lancé en m'accueillant dans son bureau.

À notre cinquième et dernière rencontre, elle m'a déclaré que je n'avais que l'ombre du syndrome, me situant à l'extrémité, la bonne extrémité, du spectre de la grande famille autistique dont je ne serais qu'une cousine en secondes noces. En considérant mon air hébété, elle en est venue à la conclusion que je n'avais rien compris, ce qui confirmait son diagnostic, et elle a ajouté:

Oublie ça, c'est rien que des mots et voyons plutôt comment tu pourrais tirer ton épingle du jeu. Je veux dire prendre ta place dans la vie. Enfin… être plus heureuse, tu comprends-tu?

Devant mon air de plus en plus médusé et ma toux que je n'arrivais plus à contrôler, elle est passée aux choses concrètes. Elle m'a proposé des exercices pour apaiser mes crises d'anxiété: d'abord, une manière de respirer et puis, une sorte de prière ou d'incantation de mon propre cru que je devrais mémoriser et réciter dans les moments difficiles. Elle m'a finalement suggéré de rédiger le lexique dont je t'ai déjà parlé, qu'elle a décrit comme une sorte de boussole pour m'aider à me diriger dans le vaste et incompréhensible monde. Ensuite, elle a voulu savoir ce que je voulais faire plus tard.

Plus tard? Quand ça, plus tard? C'est grand, plus tard. Ça a pas de frontières, à part la mort, évidemment.

Elle a précisé sa question:

Après le secondaire, disons.

Rien. Je veux rien faire.

Rien du tout?

Rien de rien.

Alors, soudainement, la dame, qui prétendait être un peu chiromancienne, a saisi ma main gauche qu'elle a examinée attentivement avant de tâter le renflement sous l'auriculaire, près du poignet qui s'appelle le mont de la Lune et qui est, paraît-il, le siège des émotions. Elle a froncé les sourcils un moment et m'a suggéré de prêter l'oreille: on ne sait jamais, peut-être que je réussirais à entendre le commencement d'un appel divin. Et si, par bonheur, c'était le cas, que j'avais bel et bien la vocation, elle me conseillait d'entrer en courant chez les Petites Franciscaines de Marie dont le monumental couvent est situé boulevard Ambroise-Fafard, à quelques pas de la polyvalente. Je ne serais pas dépaysée. Elle connaissait bien la sœur économe, qui était justement sa propre sœur, et elle pourrait jouer de ses relations pour faciliter mon entrée. Avec mon excellente mémoire, j'apprendrais facilement toutes les prières et tous les règlements, et la vie y serait beaucoup plus compréhensible pour moi. Elle a ajouté en riant:

Ces gens-là aiment ceux qui sortent de l'ordinaire. Pense à Jeanne d'Arc, ils en ont fait une sainte, et Kateri Tekakwitha est en passe de la rejoindre! Tu sais-tu ce que ça signifie, ce nom-là, Tekakwitha? Celle qui avance en cherchant devant elle. Tu serais-tu un peu anorexique ou adepte de l'automutilation, toi aussi? Non? Certaine? Mais peu importe, je suis convaincue que tu aurais un bel avenir chez les bonnes sœurs.

Je me suis remise à tousser de plus belle. Quelle idée! Les Petites Franciscaines ne s'habillent qu'en beige et brun. Un brun tiède. Alors inutile d'y penser: je serais incapable de passer le reste de ma vie emballée dans ces couleurs-là. Et à cette époque, je ne portais pratiquement que du bleu, de toute façon.

Alors elle m'a dit:

Écoute bien cette phrase du maître zen Dogen: *Notre vie, à quoi la comparer? À la goutte de rosée secouée du bec de l'oiseau aquatique, où se mire le reflet de la Lune.* Si ces mots t'inspirent, tu devrais peut-être regarder du côté du bouddhisme.

La pratique du zazen, à son avis, bien qu'elle soit très simple, pourrait occuper ma vie entière: seulement s'asseoir, immobile comme une puissante montagne, dans la posture du lotus, sans rechercher quoi que ce soit, en laissant passer les pensées comme les nuages dans le ciel.

J'ai copié la phrase énigmatique sur un bout de papier et j'ai essayé tant bien que mal de l'illustrer dans mon nouveau lexique en me disant que, peut-être un jour, j'examinerais la suggestion de la psy et que je me lancerais dans la méditation intensive et permanente. J'imaginais la tête de mes parents lorsqu'ils me questionneraient sur mon avenir: m'asseoir et laisser passer les pensées comme les nuages dans le ciel.

À partir de ce jour, j'ai tout fait pour perdre un à un mes signes distinctifs et me transformer en courant d'air, comme on dit. C'est à cette époque, d'ailleurs, que j'ai commencé à élaborer un programme d'exercices devant me conduire à la transparence complète. Mon but ultime était d'en arriver, un jour, à ne plus pouvoir reconnaître mon propre reflet dans un miroir.

Je jouais à être là sans y être.

Par exemple, je ne bronchais pas lorsque le prof prononçait mon nom en faisant l'appel. Personne ne s'en rendait compte. Je sortais de la classe et y revenais à ma guise. Lorsque des équipes de travail étaient formées, je restais tranquillement dans mon coin. Si je me mêlais à une conversation, celle-ci continuait comme si je n'avais pas placé un mot. J'allais m'allonger dans l'herbe, derrière la polyvalente, juste à côté d'un couple d'amoureux en pleins ébats sans ralentir leurs ardeurs le moins du monde.

J'arrivais même à berner les oiseaux qui me laissaient les approcher jusqu'à leur toucher, presque.

Je progressais rapidement, si bien qu'à la fin du secondaire, je n'existais déjà presque plus.

Le cratère Tycho

Le cratère Tycho est situé dans la région sud de la face visible de la Lune. Il mesure 85 km de large, 4,8 km de profondeur et son pic central s'élève à une hauteur de 2,25 km. Les longs rayons clairs qui en émanent lui donnent un aspect étoilé. Tu remarqueras que les très nombreux cratères de la Lune portent des noms de philosophes, d'astronautes ou d'astronomes, comme celui-ci.

Clo m'a demandé de prendre des informations sur Éric, d'essayer de tomber, par hasard, face à face avec lui. Était-elle devenue folle ? Ne venait-elle pas de rencontrer le nouvel homme de sa vie ? Je me suis mise à tousser et à tourner le coin de ma blouse comme quand je suis énervée.

Non mais, t'es-tu devenue folle, Clo ?

Elle s'est empressée de me rassurer : non, non, je me trompais complètement sur ses intentions, elle ne cherchait pas à le revoir, voyons donc, mais elle avait besoin de savoir ce qu'il faisait maintenant, s'il avait changé, comment il vivait, s'il lui arrivait de penser à elle, de temps en temps, et surtout s'il avait l'air heureux :

Tu comprends, j'ai besoin de savoir s'il a l'air heureux, comblé, si sa vie à lui tourne comme sur des roulettes. Ça m'aiderait à faire mon deuil.

Ton deuil? Mon œil! Tu y penses pas, Clo! Réfléchis deux minutes. Tu sais où ça t'a menée, cette histoire-là, voyons! Et l'ordonnance de la cour, le 810 que t'as signé, ta promesse de garder la paix, qu'est-ce que t'en fais? C'est hors de question.

J'avais pris un ton autoritaire et définitif qui m'a surprise, mais je paniquais pour rien, selon elle. Pas de danger qu'elle retombe dans le panneau. Quel panneau, me diras-tu? Dans ce cas-ci, car la vie est parsemée de multiples panneaux, le piège fatal d'un amour à sens unique. Elle n'était plus amoureuse d'Éric. La preuve? Il y avait quelqu'un d'autre dans sa vie, maintenant. Et le 810? Il était expiré depuis longtemps.

Méchante preuve! La prochaine fois que t'importuneras Éric, ce sera la prison. Ça te tente-tu, la prison, Clo?

La prison? Elle n'en avait rien à foutre. De toute façon, on avait tous abouti sur Terre notre *subpœna* à la main, alors un peu plus, un peu moins… Et puis, c'était de l'histoire ancienne, tout ça, maintenant.

Je n'ai rien compris à son affaire de *subpœna*, mais je ne me suis pas laissé distraire. Je connais trop bien sa manière de m'emberlificoter. De l'histoire ancienne, disait-elle? Alors pourquoi me tendait-elle l'adresse d'Éric à la maison et à son travail? Comment s'était-elle procuré ces informations? Elle m'a expliqué qu'il lui avait simplement suffi de quelques clics de souris et elle a ajouté, d'une voix poignante, en croisant ses mains sur sa poitrine, comme une tragédienne sortie tout droit d'une pièce de Racine:

J'ai comme un trou de balle dans le cœur. Ç'a beau être une histoire ancienne, une histoire impossible, j'ai encore mal, tu comprends-tu, Violette? On dirait que le mot *impossible* m'entre pas dans la tête. Ce mot-là, je suis pas capable de le regarder en face et de le prononcer.

C'est exactement ce que je disais. Ça m'a pris tout mon petit change (beaucoup d'efforts, jusqu'à ses dernières ressources, lexique, page 31) pour réussir à la convaincre de laisser tomber son projet de fou, du moins tant qu'elle n'en aurait pas parlé à sa psy.

Clo m'a obéi, et c'était bien la première fois. J'en suis restée bouche bée.

Elle est revenue de sa rencontre avec la psy bien déterminée à se trouver une occupation qui l'empêcherait de sombrer à nouveau dans le précipice de l'idée fixe. Une occupation, d'accord, mais laquelle ? À part la mode, l'amour et les activités afférentes, Clo n'a pas tellement de centres d'intérêt.

La psy lui a fourni un plan du quartier ainsi que la liste des organismes susceptibles de lui donner un coup de pouce dans son processus de réinsertion sociale. C'est vrai que depuis notre arrivée dans le quartier, en novembre, on n'a pas encore pris le temps d'en découvrir toutes les ressources.

Tu veux te réinsérer, toi, Clo ?

Évidemment. Pas toi, Violette ?

Ben, je sais pas, j'en suis pas sûre, justement. Jusqu'à maintenant, j'ai jamais perçu ma vie comme une pièce de casse-tête. Si je suis quelque chose, je suis un nuage. Comment t'insères ça, un nuage ?

Cela dit, je veux bien étudier la question de la réinsertion de Clo.

T'aimerais faire quoi, Clo ?

Elle aimerait peut-être ouvrir son propre restaurant. Elle adore le contact avec le public.

Et la cuisine, Clo?

Je ne veux pas la décourager, mais ce n'est pas parce qu'elle descend à la brasserie chercher des spaghettis une fois ou deux par semaine que ça fait d'elle un chef.

Elle en dit quoi, la psy?

Elle lui propose d'attendre avant de se lancer en affaire et d'y aller plutôt par étapes. Par exemple, pour tester son intérêt, développer ses habiletés et gagner de l'expérience, elle pourrait commencer par s'inscrire dans une cuisine collective. Il y en a justement une près de chez nous. Elle apprendrait à planifier, à tenir un budget, à cuisiner, à travailler en équipe. Elle rencontrerait du monde. J'ai approuvé: une sage recommandation. Clo a continué:

On en bénéficierait toutes les trois, car je reviendrais avec des plats prêts à congeler. Jusqu'à maintenant, notre alimentation se compose essentiellement de *grilled cheese*, de sandwiches aux bananes et au beurre d'arachide, de soupes en sachet et des spaghettis de la brasserie. Tout ça, c'est pas très, très *kampaï*. Une vie équilibrée commence par une alimentation saine. Pas vrai?

Aucune idée, Clo.

Elle était d'accord pour s'inscrire dans une cuisine collective, mais comme Lucie et moi allions en profiter et qu'elle se taperait tout le travail, elle trouvait raisonnable qu'on paie le montant de la contribution. L'activité est gratuite, mais d'après ce qu'elle a compris, chaque participante doit débourser sa part des coûts de la nourriture. Elle n'avait pas d'argent pour le moment et elle était embêtée d'aller encore une fois en quémander à sa sœur.

Commence par t'inscrire, Clo, et puis on verra.

Cette question étant réglée, Clo m'a demandé, juste pour le *fun*, d'aller visiter des locaux à louer avec elle. Elle avait déjà encerclé quelques annonces dans le journal du quartier.

Tu viens pas de me parler d'étapes, Clo? La première, c'est certainement pas la location d'un local.

Juste pour le *fun*, envoye donc, envoye donc.

Mais déjà, les idées fusaient : décoration, menu, musique... Peut-être que sa sœur voudrait l'aider à démarrer sa petite entreprise? Je m'occuperais de la caisse parce que s'il y en a une qui sait compter, c'est moi, et elle servirait aux tables. Et Lucie? Clo m'a fait signe de regarder vers la cuisine où notre coloc finissait de passer le balai. C'est vrai qu'elle adore nettoyer les planchers et qu'elle le fait bien.

Son travail terminé, Lucie est allée s'asseoir au salon devant la télé, parce que c'était l'heure des *Belles histoires des pays d'en haut*. Clo a profité de la pause commerciale pour lui expliquer son projet. Lucie tombait des nues :

Un restaurant?

Oui, Lucie, un restaurant. Qu'est-ce que t'en dis? Ce serait pas formidable?

Lucie a froncé les sourcils comme si elle réfléchissait intensément à la question, puis elle a déclaré sur un ton solennel :

J'en dis beaucoup de bien.

Clo était ravie :

Tu viendrais-tu nous donner un coup de main? Tu passerais-tu le balai dans notre restaurant?

Les pubs étant terminées, Lucie s'est tournée à nouveau vers le téléviseur en lui répondant :

Bien sûr, Clo, avec plaisir, mais pas maintenant.

On a laissé Lucie en compagnie de Donalda et on est sorties.

Il faisait froid, mais on a quand même parcouru Ontario jusqu'à Pie-IX, d'un côté, et Préfontaine, de l'autre, à la recherche du lieu parfait pour établir un restaurant. On regardait à l'intérieur des vitrines des magasins à louer comme si on était de grandes investisseuses et on faisait des plans. Juste pour le *fun*. On rigolait comme des bonnes en jouant les femmes d'affaires.

Il y avait de l'animation dans la rue parce que c'était jeudi et que les commerces étaient ouverts. On s'est arrêtées chez Oscar pour acheter des friandises, mais Clo m'a prévenue :

Choisis vite. Je te donne cinq minutes.

Ça m'en a pris sept, en réalité, parce qu'il a fallu attendre un peu à la caisse. Clo a noté des trucs dans la marge du journal. Elle a dit :

On va prendre rendez-vous, ici, pour le *fun*. Ce serait parfait, tu trouves pas ? Juste sur le coin, deux belles grandes vitrines, un local de la bonne dimension. Imagine l'enseigne : Aux trois folles. Formidable, non ?

Je sais pas, je sais pas, je sais pas, Clo.

Je commençais à m'énerver parce que plus on avançait, plus j'avais l'impression de l'encourager à faire fausse route, si tu vois ce que je veux dire.

On est descendues ensuite rue Sainte-Catherine. C'était l'heure du sexe au noir, l'heure des gars seuls dans leur auto et des filles maigres et chancelantes sur leurs échasses. Des filles au regard vide et au rire aigrelet qui écorche les oreilles. Des filles aux longues jambes nues et au petit manteau ouvert sur leur décolleté. Des filles gelées.

Je n'étais pas à l'aise de me trouver là, mais Clo, tellement enthousiaste à l'idée d'avoir enfin trouvé un sens à
sa vie, s'est mise à chanter à tue-tête, à me tenir par le cou
et à m'embrasser en adoptant une démarche chaloupée.

Il était temps qu'on rentre parce qu'il faisait un froid
bleu pervenche et que les offres commençaient à neiger.

Le mont Chagall

Le mont Chagall, au cas où tu ne l'aurais pas deviné, n'est pas l'un des monts de la Lune. Je viens de l'inventer exprès. Il y a pourtant des montagnes sur la Lune dont les noms ont été empruntés à celles de la Terre, mais elles ne se sont pas formées à cause du plissement de la croûte ou de l'érosion. Elles résultent plutôt d'impacts, comme les cratères.

On l'a baptisé Chagall, mais Lucie l'appelle toujours Ti-chat. Pas besoin d'aller à l'animalerie, il suffit d'ouvrir les yeux pour découvrir des petites bêtes itinérantes qui veulent être adoptées. Chagall est tigré avec les pattes et le poitrail blancs. Depuis quelque temps, il campait devant notre porte en miaulant. On a commencé par le nourrir sur le balcon parce qu'on ne le connaissait pas encore et qu'il appartenait peut-être à quelqu'un, mais il s'est mis à insister pour entrer et il a vite pris ses aises dans la maison, gratte ici, saute là, fouille partout.

Il doit aimer l'ordre parce qu'il préfère la chambre de Lucie. C'est là qu'il fait la sieste et qu'il passe toutes ses nuits. Il déplace ses affaires, menace de faire tomber les bibelots, laisse des touffes de poils sur le couvre-lit et, mystère, Lucie ne dit rien. Sa porte reste toujours entrouverte maintenant pour permettre à Chagall-Ti-chat de se déplacer à sa guise dans l'appartement. Elle lui a même fabriqué des jouets avec des restes de laine. Et le plus beau de l'affaire, c'est qu'il la fait rire. S'il y a une chose qu'on pensait bien ne jamais entendre, c'est bien celle-là, le rire de Lucie. Une sorte de rire d'enfant très aigu qui se brise d'un coup sec comme un verre de cristal qu'on échappe.

Moi, je suis trop occupée pour jouer longtemps avec un chat. Du temps de Petite-Rivière, j'ai tellement achalé ma mère pour en avoir un. C'était hors de question, me répondait-elle. Et *hors de question*, ça signifiait *jamais de la vie*, alors inutile de me rouler par terre pour espérer avoir gain de cause.

Maintenant, j'ai autre chose à faire. En tout cas, les mardis, les jeudis et les dimanches, parce que ces jours-là, je marche. Je marche dans la ville que je quadrille méthodiquement, car j'ai bien l'intention d'en connaître chaque avenue, rue, ruelle et impasse comme je l'ai déjà fait à Petite-Rivière et à Baie-Saint-Paul avant d'aboutir à Montréal.

C'est vrai que là-bas, mon projet manquait d'envergure. Juste pendant l'heure du dîner, quand je fréquentais la poly, j'avais le temps de sillonner des quartiers entiers sans oublier le moindre recoin. Voilà une des raisons pour lesquelles j'ai accepté de quitter Charlevoix: j'avais fait le tour de tous les chemins accessibles à pied.

Il faut dire qu'on s'était empressé de faciliter mon départ, car je n'aurais jamais élaboré un plan aussi compliqué toute seule. Mes notes étaient bonnes, j'avais prévu m'inscrire au Cégep de La Malbaie, tout simplement, puisque je ne pouvais pas rester à la maison à ne rien faire, ce qui aurait été mon premier choix. Mes parents avaient une conception différente de mon avenir et selon eux, il était temps de tenter le tout pour le tout. Comme je n'étais jamais satisfaite, n'arrivais pas à conserver un emploi et faisais des crises insensées pour un oui ou un non, j'irais voir ailleurs si j'y étais.

Quelle expression idiote !

On ne pouvait pas les blâmer de n'arriver à rien avec moi car ils avaient parfaitement réussi leur rôle de parents avec les deux aînés, des jumeaux. Mon frère travaillait depuis plusieurs années dans la construction avec mon père, et ma sœur, après avoir été caissière à l'épicerie du village, venait de terminer son cours d'infirmière-auxiliaire. Elle subvenait à ses besoins depuis l'adolescence en faisant le ménage dans les gîtes du coin. On n'avait pas grandi ensemble, eux et moi, puisque j'étais née sept ans plus tard. Une grossesse surprise, comme on dit pour rester poli.

On était donc de parfaits étrangers.

Durant une courte période, j'ai travaillé dans un gîte, moi aussi. J'aidais à préparer les déjeuners et j'aimais bien disposer les fruits dans les assiettes. Je taillais des morceaux de melon d'eau en forme de voiles de bateau et de melon de miel en coques que je remplissais de bleuets et de framboises. Mais j'avais beau essayer d'expliquer à la patronne qu'il était impossible d'ajouter des raisins rouges ou des tranches d'orange, que ça gâcherait le tableau, elle ne voyait pas du tout le problème. D'ailleurs, elle ne comprenait rien, cette femme-là. Elle mélangeait les couleurs de manière complètement indigeste. Tu comprends, je ne pouvais tout de même pas servir ces plats sans queue ni tête, façon de parler, et je lui ai rendu mon tablier.

Toujours est-il qu'à la fin du secondaire, mes parents, après avoir mûrement réfléchi à la question, m'ont informée de leur verdict par la bouche de ma mère. J'étais bonne en dessin. J'aimais le dessin. Alors je m'inscrirais au cégep en dessin. Elle n'avait aucune idée de ce que je pourrais faire avec un diplôme en dessin, mais de toute façon, je n'aimais rien d'autre et, au moins, ça m'occuperait. Ma tante Diane, celle qui habitait à ville d'Anjou et qui y tenait un dépanneur, était prête à lui donner un répit. Son fils étant parti de la maison, j'occuperais sa chambre au soussol. Je prendrais l'autobus au coin de la rue qui me mènerait au métro et je serais au Cégep du Vieux-Montréal en quelques minutes. Je l'aiderais au magasin pour payer ma pension et gagner mon argent de poche.

Leur plan semblait marcher comme sur des roulettes, mais moi, je ne la connaissais pas beaucoup, la tante Diane, et je n'étais jamais allée plus loin que Québec de toute ma vie. L'idée de partir, de quitter ma famille et mon village, m'angoissait au plus au point. Je n'en dormais plus la nuit et je tournais en rond durant la journée, mais en même temps, ce projet captait mon attention. Je ne pensais qu'à ça. J'ai commencé à faire ma valise et à étudier la carte de Montréal aussitôt que j'ai reçu la nouvelle de mon admission au cégep. Avant de quitter Petite-Rivière, je connaissais le nom de toutes les rues de ville d'Anjou et des grandes artères de la métropole.

Le dernier jour, je me suis levée bien longtemps avant l'heure prévue pour le départ. Installée à ma fenêtre, j'ai contemplé la nuit en faisant l'inventaire des constellations, puis je suis sortie. Dehors, rien ne bougeait ni ne respirait. La Lune, qui baignait dans son halo, ressemblait à un médaillon opale agrafé sur la nuit bleue.

J'ai avancé à longues foulées pour atteindre le fleuve pendant que le Soleil préparait son entrée derrière le cap. Je voulais le voir franchir le train de nuages aux bordures irisées qui zigzaguait au-dessus de la Rive-Sud. Une brèche orangée a commencé à lézarder l'horizon, puis les premières lueurs de l'aurore, après s'y être frayé un passage, se sont déversées dans l'eau. De gros cumulus indigo au ventre rose surplombaient la scène. Impassible, la Lune luisait toujours, mais son aura s'affadissait. On aurait dit qu'elle attendait, figée, comme les bêtes, les montagnes, les arbres, les champs, le chemin, les pierres.

Assise au bout du quai, j'ai écouté le clapotis des vagues en fixant le large. Quand j'ai relevé la tête, la Lune était tombée dans l'oubli, pour employer une expression populaire. Elle s'était effacée de la même manière qu'on meurt ou qu'on part au bout du monde, comme ma tante Violette dont plus personne, ensuite, n'avait osé prononcer le nom. Sans la bague qu'elle m'avait donnée, j'aurais pu finir par croire qu'elle n'avait jamais existé et que je l'avais inventée pour me tenir compagnie.

En revenant, le faisceau lumineux me poursuivait en projetant mon ombre grise loin devant. On aurait dit que je portais des échasses. Je suis allée saluer Riki, le chien des voisins, qui était mon ami, la petite école du village, la voie ferrée et les rochers austères.

Plus tard, en route vers le terminus de Baie-Saint-Paul, j'ai scruté l'ondulation des montagnes, les angles des clochers et des toits, le parcours du traversier quittant, au loin, la rive de l'Isle-aux-Coudres, les courants qui sillonnaient le fleuve et surtout l'ampleur de l'espace dans lequel baignait le paysage. Et, en fermant les yeux, j'ai laissé tout cela s'inscrire lentement en moi d'une manière que je voulais indélébile. Il faut savoir d'où l'on vient, dans la vie, pour espérer aller quelque part. Du moins, c'est ce qu'on dit.

Puis j'ai regardé mon père qui conduisait, silencieux, en tournant le bouton de la radio, et ma mère, assise à ses côtés, qui se retournait fréquemment vers moi en m'adressant des sourires nerveux. Je les ai regardés puisqu'ils étaient mes parents, que ça compte tout de même dans la vie et que je n'avais pas l'intention de revenir. On reste ou on part. Et j'ai parfaitement compris, ce jour-là, le sens de l'expression que j'avais notée au début de mon lexique : *tourner la page*.

Avec ma tante Diane, ça n'a pas cliqué. Pas cliqué du tout.

Elle avait décidé de régler mon cas, de me faire marcher à son pas, de me mettre à sa main, comme disent les parfaits charlatans. Elle décrétait sans cesse de nouvelles règles et s'acharnait sur le moindre détail qu'elle voulait que je fasse exactement à sa manière. J'aime les détails, mais j'avais déjà ma manière, tu comprends ?

Je l'entendais, le soir, parler avec ma mère, au téléphone :

Tu l'as gâtée sans bon sens, mais je te jure que je vais finir par en venir à boutte.

Son petit dépanneur était situé juste à côté de la maison. À la grande surprise de ma tante, qui me prenait pour une extra-terrestre – ce que je suis tout de même un peu –, j'avais compris très rapidement le fonctionnement de la caisse enregistreuse. Je ne faisais jamais la moindre erreur et je pouvais même corriger les siennes. Elle était contente, mais ça n'a pas duré. Elle aurait voulu, en plus, que je m'habille en petite fille modèle, que je lève les yeux vers les clients, que je les salue en leur adressant mon plus beau sourire et même que je leur demande de leurs nouvelles.

Comme c'était impossible et que je n'entendais rien à ce qu'elle appelait l'approche clientèle, elle m'a confié une nouvelle tâche : ranger la marchandise sur les tablettes. Dans l'idée de mettre un peu d'ordre dans son capharnaüm, je me suis mise à placer toutes les boîtes, des céréales en passant par les biscuits et jusqu'au dentifrice, par ordre de grandeur, c'était logique, et les conserves de légumes ou de fruits, par couleur. L'œil pouvait parcourir les étalages sans être contrarié ni se buter sur des incohérences. Mais elle n'a rien voulu savoir. Elle refusait d'évoluer : il n'y avait de vraie que sa bonne, vieille méthode.

Au début, elle s'énervait quand je décidais d'aller marcher dans le quartier. Elle voulait que je passe la soirée dans ma chambre. Il y avait une télé juste pour moi, après tout. J'allais me perdre à coup sûr et j'étais sous sa responsabilité. Elle s'est calmé le pompon, comme on dit, quand je lui ai nommé toutes les rues de son arrondissement et les trajets à emprunter pour aller d'un point à un autre et pour rentrer au bercail par dix chemins différents.

Tout ça pour te dire que je marche seule.

Pas question que Lucie parcoure d'aussi longs trajets à cause de sa lenteur et de ses varices. Clo pourrait, mais elle n'apprécie pas ma technique. Elle préfère aller où le vent la pousse, comme elle dit, et s'arrêter quand ça lui chante. En clair, ça veut dire qu'elle n'a pas de plan. Elle tourne à droite ou à gauche sans raison. Par instinct. Elle marche dans le plus parfait désordre, si on peut dire ça comme ça. Sans but ni rien. Je ne sais pas comment elle fait. On ne voit pas la vie de la même manière, elle et moi. Ça, c'est certain.

Elle a déjà proposé de m'accompagner à quelques reprises, mais ça n'a pas fonctionné. Malgré qu'on se soit entendues la veille sur l'heure du départ, elle n'était jamais prête à temps. Elle prenait une douche à la dernière minute, n'avait pas préparé son sandwich ou devait absolument, absolument donner un coup de téléphone. Quand on finissait enfin par sortir, elle voulait déjà s'arrêter après deux coins de rue pour boire un café, elle apercevait quelque chose d'intéressant dans une vitrine, ou elle allait frapper à la porte d'un ami qui habitait dans les parages.

Tu vois ce que je veux dire? Du vrai niaisage. Alors, je la laissais vivre sa vie à sa guise et je continuais mon chemin en hâtant le pas pour rattraper le temps perdu.

Je ne suis pas la seule à aimer marcher. L'autre jour, j'ai croisé des milliers et des milliers de gens qui avaient envahi la rue. Ils tenaient des pancartes ou des drapeaux et criaient des slogans. Ils manifestaient contre la hausse des droits de scolarité, contre le Parti libéral et pour l'avenir de la planète, à ce que j'ai pu comprendre.

Ils étaient ensemble et progressaient dans la même direction. J'ai marché avec eux pendant environ un demi-kilomètre. J'étais bien obligée parce qu'ils avaient emprunté le trajet que j'avais choisi cette journée-là, la rue Ontario, jusqu'à ce qu'elle change de nom, au coin de Saint-Urbain, et devienne Président-Kennedy. Hors de question que je modifie mon plan à la dernière minute.

On avait beau avancer d'un même pas, il était clair que je ne faisais pas partie de leur groupe. On aurait dit qu'ils se connaissaient tous. Plus on approchait de la Place des Arts et plus la foule grossissait, car il continuait d'arriver des gens de toutes les rues transversales. Mais d'où venaient-ils et que voulaient-ils? Je n'avais jamais vu autant de monde au même endroit de toute ma vie. Ils avaient l'air extrêmement joyeux et je n'ai pas compris pourquoi. Il faisait plutôt froid, ce jour-là.

Des personnes étaient déguisées, maquillées, d'autres dansaient, chantaient ou jouaient de la musique. Sur une estrade, on s'apprêtait à prononcer des discours, mais moi, je n'avais plus rien à faire là. Je me suis empressée de rebrousser chemin parce que j'avais atteint mon but, l'extrémité ouest de la rue Ontario.

Ils ont parlé de l'événement, à la télé, se disputant sur le nombre exact de participants et ça m'a fait une drôle d'impression parce que j'y étais, moi aussi, d'une certaine manière.

Après le concert de Lucie, j'ai fait un petit croquis de la manif, puis j'ai ouvert le livre:

Ta vie n'a pas besoin de toi pour se vivre. Les jours n'ont besoin de personne pour se compter et compter un jour à tout le monde au fur et à mesure. Point n'est besoin de t'en faire.

La mer de la Fécondité

La mer de la Fécondité, ou *mare Fecunditatis*, en latin, est l'une des vastes plaines basaltiques que l'on peut observer sur la face visible de la Lune. Son diamètre est de 909 km et son bassin date de l'ère du prénectarien, période de la formation de l'astre, il y a environ 4 550 millions d'années.

Clo est bien allée donner son nom à la Cuisine collective, comme sa psy le lui avait conseillé mais, surprise, elle m'a inscrite aussi. J'aurais dû m'en douter.

Envoye donc, envoye donc, envoye donc, ça va être le *fun*. Et qu'est-ce que j'avais de mieux à faire, après tout, hein? Je me rendrais utile au lieu de rester enfermée dans ma chambre toute la journée. La femme n'est pas faite pour vivre seule et patati et patata.

Quand Clo a une idée en tête, ça ne donne pas grand-chose de lui résister. Donc, j'ai enfilé les vêtements de la veille qui étaient restés par terre, à côté de mon lit, et j'ai fait remarquer à ma coloc que son foulard de soie acheté dans l'ouest n'était pas plus approprié que la grosse bague que sa sœur lui avait offerte à son anniversaire. Elle a voulu refaire ma tresse. Normalement, je refuse catégoriquement qu'on touche à mes cheveux, mais j'ai accepté, cette fois, parce que je dois m'y habituer si je veux aller au salon de coiffure, un de ces jours.

Elle a dit :

Ce serait bien si tu les coupais un peu et si tu les laissais lousses de temps en temps. Ça leur ferait prendre l'air.

Hors de question. Mes cheveux resteront tressés jusqu'à ce que je les confie à une coiffeuse professionnelle.

On a descendu Davidson jusqu'à la rue Adam, puis on a continué un peu vers l'est. On est passées devant une maison dont les murs de briques rouges étaient décorés de fresques multicolores. C'est un centre qui vient en aide aux enfants en difficulté et à leurs parents. Ça donnait le goût d'entrer, mais je ne suis plus une enfant. J'ai quand même pris le temps de jeter un coup d'œil par la vitrine, même si Clo me tirait la manche.

Les locaux de la Cuisine collective sont situés dans une ancienne Caisse pop de l'autre côté de la rue. Pas question que j'attende Clo dehors, elle m'a poussée à l'intérieur, tout excitée qu'elle était de poser le pied sur le premier échelon de sa nouvelle vie.

On s'est retrouvées autour d'une table avec quatre autres femmes et la chef animatrice. Les présentations n'ont pas duré trop longtemps. Heureusement, parce qu'il y avait au moins deux autres personnes qui avaient l'air de se demander, tout comme moi, où se trouvait la sortie de secours la plus proche. C'était le moment que je détestais le plus à l'école et plus tard, au cégep, le fameux brisage de glace où chacun était invité à parler un petit peu de lui. Je passais mon tour en toussant jusqu'à m'étouffer. Une question trop vaste et trop petite en même temps, si on peut dire ça comme ça.

On a soumis des idées de plats. Clo, qui était un peu déphasée, a proposé avec enthousiasme un bœuf bourguignon, une blanquette de veau ou un coq au vin. L'animatrice l'a ramenée sur Terre en lui expliquant gentiment que le coût de revient d'une portion de bœuf bourguignon serait beaucoup plus élevé que celui d'une tranche de pain de viande. Moi qui la connais, j'ai senti que Clo retenait son envie de l'envoyer chier. On a établi la liste des ingrédients à se procurer pour réaliser les cinq recettes choisies et le montant que chacune devrait avancer pour effectuer les achats.

Ce n'était pas le moment ni l'endroit pour discuter philosophie et j'ai joué le jeu comme si j'endossais les décisions du groupe, mais je ne me sentais pas concernée parce que, quelque temps auparavant, j'avais décidé de devenir végétarienne. J'en avais plus qu'assez de manger mes semblables.

Le vendredi suivant, il pleuvait à boire debout (abondamment, mais ne peut s'appliquer qu'à la pluie, on ne peut même pas dire pleurer à boire debout, lexique, page 27) quand on est retournées à la Cuisine collective avec nos paquets sous le bras. Avant de quitter l'appart, on a tenté de convaincre Lucie de renoncer à sa sortie parce qu'elle allait attraper son coup de mort, par un temps pareil. Mais rien à faire.

Chacune s'étant acquittée de sa mission, la grande table de la Cuisine collective débordait d'aliments de toutes sortes. On avait du pain sur la planche, comme on dit : on a lavé, haché, râpé, assaisonné, fait frire et nettoyé toute la matinée. À l'heure du dîner, Johanne, une petite blonde très expressive d'à peu près notre âge, avec laquelle Clo avait pas mal placoté, nous a proposé d'aller dîner au Chic Resto Pop, un resto pas loin et pas cher. La pluie avait cessé et on a accepté. Enfin, Clo a accepté et moi, j'ai suivi.

L'endroit en question est situé dans une ancienne église, à quelques pâtés de maisons vers l'est. C'est un secteur que connaissait bien Johanne. Elle nous a expliqué, chemin faisant, qu'elle vivait seule avec ses deux jeunes enfants, tout près, rue Bourbonnière, et qu'elle arrondissait ses fins de mois en faisant des pipes, un petit peu plus bas, au coin de Sainte-Catherine.

Depuis le temps que je vivais en ville, je savais très bien de quoi il était question. Je n'ai rien dit, mais Clo lui a demandé comment elle s'organisait pour sortir, avec les enfants. C'est simple : elle travaille pendant qu'ils sont à la garderie, et ça se passe dans les autos des gars qui viennent s'offrir une petite gâterie avant de se rendre au boulot. Elle préfère le *shift* du matin, de toute façon, entre 7 h 30 et 9 h. C'est plus *safe*, comme elle dit.

Le Chic Resto Pop, c'est une grande cafétéria en plein cœur de l'église. Le repas complet coûte 3 $. On est allées faire la file, puis on a pris place au milieu de la salle avec nos plateaux bien garnis : soupe, salade, plat, dessert, boisson. On n'avait pas mangé aussi bien depuis pas mal longtemps.

Johanne a continué de nous raconter son histoire. Elle est née dans un petit village perdu de la Côte-Nord. À seize ans, elle a voulu aller vivre avec son *chum* et quitter son patelin où tout le monde se connaissait. Ses parents, furieux, l'ont traitée de tous les noms. Elle a abandonné ses études avant d'avoir terminé le secondaire et elle est partie pour la grande ville de Sept-Îles, avec Martin. Ils se sont trouvé un appartement et elle a commencé à travailler dans un casse-croûte.

Au début, ils ont filé le parfait amour, tous les deux, mais l'année suivante, Johanne est tombée enceinte de

Samuel, et Martin a perdu son emploi quand la compagnie pour laquelle il travaillait a fermé ses portes. Pas question de retourner en arrière, ils ont décidé d'aller tenter leur chance à Montréal. Ça faisait longtemps qu'ils en rêvaient, de la grande ville où ils n'avaient encore jamais mis les pieds. C'était le temps ou jamais (l'occasion idéale ou la dernière chance, selon le contexte, lexique, page 9).

Ils ont déniché un logement, ici même, dans le quartier, un peu à l'est de Pie-IX. Au début, ça allait plutôt bien. Ils découvraient les environs et commençaient à prendre racine (se fixer quelque part, s'y sentir chez soi ou avoir de la difficulté à quitter un lieu, lexique, page 25). Mais avec la naissance du bébé, les choses se sont compliquées. Ils ne connaissaient personne à Montréal qui aurait pu leur donner un coup de main et Martin ne réussissait à trouver que des jobines temporaires, au salaire minimum.

Quand elle a été enceinte une deuxième fois, son *chum* a décidé de partir en Alberta. Il y avait du travail en masse par là, prétendait-il, et il pourrait lui envoyer une bonne pension. Elle a tout essayé pour le retenir, mais sans succès. Les premiers temps, il lui téléphonait plusieurs fois par semaine. Les choses ne se déroulaient pas comme il voulait, il se décourageait et, au bout de six mois, il lui a conseillé de renouer avec ses parents qui voudraient certainement lui venir en aide. Il fallait qu'elle accepte de retourner vivre dans leur village. Petit à petit, les téléphones se sont espacés et finalement, elle a perdu sa trace. Il était hors de question pour elle de rentrer au bercail la tête basse. Elle a fait le tour des ressources du quartier et s'est liée avec quelques femmes qui lui ont donné un bon coup de main. Mais accoucher sans son *chum* et sans ses proches, elle ne souhaite ça à personne.

Je ne savais pas quoi dire et même Clo, qui n'a pourtant pas la langue dans sa poche (qui s'exprime sans retenue, sans gêne, ne s'emploie qu'à la forme négative. Par exemple, on ne pourrait pas dire de Lucie qu'elle a la langue dans sa poche, lexique, page 19), se contentait de hocher la tête pour lui montrer qu'elle la comprenait. Johanne s'est mise à rire et elle nous a lancé :

Je vous ai pas trop achalées avec mes histoires plates ? Je vous ai coupé l'appétit, hein ?

On lui a montré nos assiettes vides. Elle a ajouté :

De temps en temps, ça fait du bien de parler à des adultes et les gars du matin sont pas là pour jaser !

Comme elle ne réussissait à trouver que de petits emplois précaires, il valait encore mieux vivoter sur le B.S. Maintenant que ses enfants sont plus vieux, elle veut retourner à l'école et elle vient de s'inscrire à un atelier, juste de l'autre côté de la rue, au Carrefour familial Hochelaga.

Johanne a fait signe à la responsable, qui passait dans l'allée, de s'approcher. Elle la connaît parce qu'il y a deux ans, elle avait commencé le programme d'aide-cuisinière, offert par le Chic Resto, mais elle avait dû l'abandonner en cours de route. C'était trop compliqué à cause du bébé. Elle vient souvent souper ici avec Samuel et Élodie. Comme ils ont moins de sept ans, c'est gratuit pour eux.

Julie, qui a l'air de connaître tout le monde, s'est assise avec nous. Elle a d'abord demandé à Johanne des nouvelles de ses enfants, puis elle a pris le temps de bien nous expliquer le fonctionnement de la place. Clo ne l'a pas lâchée. Elle s'est mise à poser une foule de questions sur la formation d'aide-cuisinière, les critères de sélection et tout et tout.

Elle a de la suite dans les idées, Clo. Je crois que c'est une des raisons pour lesquelles je l'aime : j'arrive facilement à lire dans ses pensées alors que je ne comprends rien à la plupart des autres personnes. Leurs mimiques, leurs intonations, leurs gestes, tout ça, c'est du chinois pour moi.

À la fin de l'après-midi et sous la pluie battante, on est revenues à l'appart, les bras chargés de bouffe. Pendant qu'on s'affairait à séparer les plats en portions individuelles et à tout congeler, Lucie est rentrée, complètement trempée, et elle a filé dans sa chambre sans prendre le temps d'apprécier notre beau travail.

Ce soir-là, il y avait au menu de la soupe aux légumes et du pain de viande. J'ai mis mes nouveaux principes alimentaires de côté parce que c'était la première fois qu'on mangeait, toutes les trois en même temps, un vrai repas.

Hécate et la nouvelle lune

Pendant la nouvelle lune, inutile de scruter le ciel, car l'astre, qui se trouve alors entre le Soleil et la Terre, est invisible. Seule sa face cachée est éclairée.

Dans la mythologie grecque, Hécate est la déesse de la Lune noire. On la présente souvent avec trois têtes d'animaux – lion, chien et cheval –, sur un corps de femme. On la relie aussi bien à la fertilité qu'à l'ombre et à la mort, car elle susciterait cauchemars et terreurs nocturnes.

Clo est encore sortie avec le gars dont je ne me rappelle jamais le nom. Ça pourrait mal finir, cette histoire-là, et il faudra encore une fois la ramasser à la petite cuillère (être à ramasser à la petite cuillère : être en piteux état et poser des problèmes à ses proches, parce que c'est aussi difficile de remonter le moral de quelqu'un que de ramasser du Jell-O tombé sur le plancher avec une petite cuillère, lexique, page 9).

Assise au salon, j'ai fait le portrait de Lucie qui mangeait un bol de céréales avec Chagall, en regardant la télé. Je l'ai dessinée telle que je la voyais : cheveux auburn raides descendant au milieu du cou dont la repousse blanche mesure au moins cinq centimètres et qui sont maintenus en place par une passe noire, paupières tombantes sur ses petits yeux marron cachés derrière de grosses lunettes à la monture beige démodée, robe de chambre à carreaux rouges et gris qui doit dater des années cinquante, bas blancs repliés sur ses chevilles enflées et pantoufles en minou rose aux pieds.

Elle portait une cuillerée à sa bouche, puis tendait la suivante au chat, assis sur ses genoux. Du lait coulait sur elle, je le lui ai fait remarquer, mais Lucie ne s'en préoccupait pas. Et m'entendait-elle seulement? Pour l'heure, elle mangeait ses céréales avec son Ti-chat et rien d'autre n'existait, même pas moi. Rien d'autre : ni passé ni futur. Une sorte de bonheur hors du temps, si on peut dire ça comme ça.

Le temps est quelque chose de bizarre. Quand on était à l'hôpital, toutes les trois, on n'avait aucune prise sur lui. Il glissait entre nos doigts comme du sable ou de l'eau. Indifférent à notre présence, il tournait inlassablement sur lui-même et, assise devant la grosse horloge de la salle commune, je restais longtemps à observer ses rotations. En fait, on était enfermées dans le temps, comme des souris dans leur cage. On ne pouvait rien en faire.

Lucie tricotait des foulards qui n'en finissaient plus. À la journée longue. Elle utilisait des restes de pelotes de n'importe quelles couleurs attachés bout à bout. Ça n'avait pas d'importance pour elle, au début. Tout ce qui comptait, c'était la progression du lainage et le cliquetis des aiguilles qui tintait comme le tic tac d'une horloge. Un cœur qui bat dans le vide. Qui bat pour rien, pour personne.

Son tricot était croche, sale et plein de trous. Les mailles, trop serrées, refusaient de glisser, mais Lucie continuait. Clo disait qu'elle s'agrippait à son travail comme une naufragée à sa planche de salut. Tu le lui aurais enlevé et elle serait morte sur-le-champ. C'est certain.

Elle ne tricotait pas encore des foulards pour porter. Non, c'était plutôt des ruelles ou des sentiers qui partaient de ses mains en se répandant sur le plancher de la grande salle commune et qui se butaient sur la porte toujours verrouillée. Il y en avait qui marchaient dessus ou qui s'enfargeaient dedans. Quand elle arrivait au bout de sa laine, elle restait là, le regard vague, les mains en position, à attendre qu'on veuille bien lui donner une nouvelle pelote. Et puis elle se remettait en route. Juste des mailles à l'endroit. Du matin au soir.

Un jour, quelqu'un, la psy probablement, lui a proposé de terminer son tricot quand il aurait atteint une certaine longueur, une longueur raisonnable, une longueur respectable, comme on s'arrête à une intersection, qu'on change l'heure, qu'on arrache la page du calendrier, qu'on referme le livre, qu'on passe à autre chose. Elle ferait des foulards. Des foulards qu'elle pourrait porter ou offrir. Parce que tout ce qui existe a une dimension, une limite, une durée, une utilité.

C'est la loi.

La folie, c'est une affaire qui concerne le temps. Un problème avec le temps. Une manière de vouloir lui résister, lui échapper.

D'après Clo, Lucie, assise toute la journée sur la même chaise, était une fugitive, elle aussi. Mais après avoir consenti à fractionner ses interminables tricots pour leur donner une dimension acceptable aux yeux des membres du conseil suprême de la gestion du temps, elle s'est retrouvée sur la bonne voie, comme ils disent, car le temps divise pour mieux régner, toujours selon Clo.

Elle a commencé à s'incliner devant Lui comme on s'inclinait sur le passage du roi, comme on s'inclinait pendant la consécration. C'est la loi. Elle pouvait rentrer dans le rang, trouver une place parmi les autres. C'est la loi, c'est la loi. Elle était redevenue humaine, fréquentable même. Elle ne ferait plus peur à personne avec ses foulards de la longueur réglementaire.

Et puis, petit à petit, Lucie a commencé à exprimer des désirs : des pelotes d'une certaine couleur, des fibres de la même épaisseur. Elle s'est mise à mélanger les teintes, à rattraper les mailles échappées, à créer des motifs qui se répétaient selon une séquence prédéterminée. Elle planifiait. Elle avait peur de se tromper, de manquer de laine. Elle attendait, elle espérait.

L'avenir ne se déroulait plus comme un long cul-de-sac tranquille. Il se fractionnait en étapes interdépendantes. Lucie était rentrée dans le rang. Elle s'était mise à aller quelque part. Pas bien loin, mais quand même. Juste assez loin pour que le temps la reprenne et l'emporte et que le désir l'ensorcelle à nouveau.

Moi qui la regardais, je ne savais pas si c'était une bonne chose.

Hors du temps, il n'y a que deux possibilités : la folie ou la contemplation. Parce que sans le temps, pas de travail, de projet, de vacances, d'horaires, de jours fériés, de fins de semaine, de retraite. Toute la vie telle qu'on la connaît tombe en panne. Façon de parler. Penses-y deux minutes.

Tout ça pour te dire qu'au beau milieu de la nuit dernière, Lucie nous a tapé une de ses crises. Elle s'est mise à hurler de toutes ses forces. Hurler comme si quelqu'un était en train de la poignarder. Tu imagines? J'ai quitté la Lune d'un coup sec, mais j'ai raté mon atterrissage. J'ai été prise de panique et je ne pouvais plus m'arrêter de tousser.

Bleu aigue-marine, d'ardoise, azur, barbeau, canard, céleste… Les cris, les cris de Lucie… céruleum, charron, de Chine… Encore les cris, les cris. J'avais beau réciter ma litanie plus fort et me boucher les oreilles, je n'entendais que les cris de Lucie. De cobalt, de cyan, de Delft. Alors j'ai monté le son de la radio et j'ai commencé à marcher de long en large dans le corridor en chantonnant, mais les cris continuaient.

Au bout d'un moment, Clo a accouru en enfilant sa robe de chambre. Lucie hurlait toujours. Elle m'a dit:

Envoye, Violette! Fais sortir le chat, ferme ta radio pis arrête de tousser, crisse! Pas besoin d'en rajouter!

Elle est allée s'asseoir sur le bord du lit de Lucie, a serré notre vieille coloc contre elle en la berçant dans ses bras comme les mères font avec leur enfant. Elle lui disait des choses à l'oreille en lui flattant les cheveux. Peu à peu, Lucie a cessé de se débattre et ses cris se sont transformés en sanglots.

Je me suis plantée dans l'embrasure de la porte en me balançant sur place d'avant en arrière comme je le fais quand je suis énervée et j'ai commencé à distinguer des mots, puis des bouts de phrases:

Serrures, murs de ciment, portes métalliques qui claquent, qui claquent, qui claquent, douches, douches froides, injections, chocs électriques, barreaux, judas, murs lacérés par les ongles, camisoles de force, des cris, des cris, des cris dans la nuit.

Clo lui disait:

C'est fini, Lucie. C'est fini, tout ça, maintenant, Lucie. Calme-toi, Lucie. Calme-toi. Tu vois bien que c'était rien qu'un cauchemar. Ton même vieux cauchemar. Regarde : t'es ici, dans ta chambre, dans notre appart. On est ensemble, toutes les trois, maintenant. C'est fini. C'est fini. Regarde tes bibelots sur le bord de la fenêtre, tes cadres, tes chapelets. T'es chez toi, Lucie. T'es chez toi avec nous.

Je me suis approchée et j'ai pu voir les dentiers de Lucie qui trempaient dans un verre, sur sa table de chevet, juste à côté de la dosette. Je trouve ça dégoûtant. Et ça lui fait une drôle de voix quand elle parle sans les remettre, comme cette nuit.

Le gars dont je ne me souviens pas du nom est sorti de la chambre de Clo en boutonnant sa chemise et en maugréant :

Bon, l'autre folle, astheure ! Tu diras à ta coloc que j'ai mon hostie de voyage et que je remettrai plus les pieds dans cette baraque de cinglées ! Eille ! Ça commence à bien faire, le cirque, à trois heures du matin ! Qu'est-ce qu'on attend pour vous enfermer ?

Il a claqué la porte, mais je l'ai rouverte aussi vite pour lui lancer sa veste qui était tombée par terre, car je voulais être certaine qu'il ne reviendrait pas, et lui crier « Bon débarras ! » pendant qu'il dévalait les escaliers.

Le calme était revenu au coin d'Ontario et Davidson.

Clo est quand même restée auprès de Lucie jusqu'au matin. Je pouvais enfin cesser de faire les cent pas en chantonnant, mais pas moyen de me rendormir. Et en fixant la grande horloge sur le mur de ma chambre, j'ai pu voir toutes les secondes de la nuit s'échapper une à une vers on ne sait où.

Façon de parler.

Le lac du Temps

Le lac du Temps, ou *lacus Temporis*, en latin, est l'une des nombreuses plaines basaltiques de la Lune. Il est situé dans la partie nord-est de sa face visible et se compose de deux parties circulaires et lisses. À leur intersection se trouvent deux petits cratères en forme de bol.

Clo n'arrête pas de vouloir discuter de réinsertion avec moi. Elle est devenue obsédée par cette idée. Pour changer. Ce sujet l'emballe tout à coup comme si c'était la révélation du siècle. La voilà adepte du prosélytisme maintenant :

Travailler, être indépendante, prendre ta place parmi les autres, te valoriser, développer ta confiance en toi, te réaliser, te dépasser, ça te dit rien, Violette ? Ça te dit rien ?

Ces mots-là sonnent bizarrement dans la bouche de Clo. Est-ce qu'elle allait me proposer de faire du porte-à-porte avec elle pour répandre la bonne nouvelle ? Elle est certaine que si je découvrais le domaine qui me permettrait d'exprimer mon plein potentiel, ma vie en serait transformée.

Et pourquoi transformer ma vie ? Peux-tu me le dire, Clo ? Je suis bien ici, moi. Je suis bien avec vous deux. Je suis bien comme je suis. Je veux rien changer.

Elle insiste, insiste, insiste.

Je sais pas, Clo.

Comment ça, tu sais pas?

Je lui ai expliqué que j'étais peut-être une vraie B.S. De celles qu'on dénonce sur toutes les ondes, une qui ne veut pas s'en sortir, qui cherche à se faire vivre par les autres et à profiter du système au maximum. Une de ces paresseuses que la seule idée de travailler fatigue et rebute. Un parasite de la société comme les nuages sont les parasites de l'air, et la Lune, de la Terre. Elle n'en revenait pas:

Voyons donc, Violette! Qu'est-ce que tu racontes? Tu dois bien avoir des rêves comme tout le monde! Tu veux rien de plus dans la vie?

Ben non. Et toi, Clo?

Ben oui, c'est sûr. Moi, je veux tout: plus d'amour, plus d'argent, une maison, une auto, des voyages, du beau linge et peut-être même des enfants. Je veux être heureuse, m'intégrer. Pas toi?

Non, pas moi.

Elle n'en croyait pas un mot.

De quoi t'as peur, Violette?

Je sais pas, Clo… Je sais pas au juste. J'ai peur que les choses changent, peut-être. J'ai peur d'attendre quelque chose qui arrivera pas. J'aime mieux rien attendre. Et toi, t'as pas peur?

Oui, elle a peur. Elle a terriblement peur du contraire, justement. Elle a peur de ne pas réussir à bâtir quelque chose de solide. Quelque chose qui dure. Quelque chose dont elle pourrait être fière et qui résisterait aux tempêtes. Elle a peur de toujours se retrouver devant rien et de recommencer sa vie tous les matins.

Penses-y, tu veux certainement t'intégrer au moins un petit peu?

J'avais déjà réfléchi longuement à la question de l'intégration, mais c'est le genre de choses que j'ai évité d'aborder avec les psy ou les travailleuses sociales parce que le refus de s'intégrer est une possibilité qui ne figure pas dans leur panoplie d'interventions. Ne pas vouloir participer est un tabou. Un des pires tabous. Tu ne peux pas être relativement saine d'esprit et tenir de pareils propos. Pour une psy, une travailleuse sociale, un docteur, un prof, un boss, si tu ne t'intègres pas, c'est que tu n'y arrives pas toute seule, que tu en es profondément malheureuse et que tu as besoin d'aide pour entrer dans la ronde, si on peut dire ça comme ça. Et c'est ton but, ton désir profond comme celui de tout être humain normalement constitué, point final. Je lui ai dit :

Ben non, Clo, je veux pas m'intégrer. Je veux pas changer. À l'hôpital, j'ai fait semblant de mourir d'envie d'entrer dans la grande chaîne de la vie pour qu'on me fiche la paix mais, en réalité, je me contente de regarder passer la parade, comme on dit, ou mieux, de regarder ailleurs.

Clo m'a dévisagée. Je contrecarrais ses plans. Puis, elle s'est mise à examiner le dessin de la Lune que j'avais fixé au mur.

Tu vois, Clo, j'ai trop observé le ciel étoilé au-dessus du fleuve, à Petite-Rivière, ça m'a rendue dysfonctionnelle.

Clo s'est mise à marcher de long en large en passant la main dans ses cheveux et en poussant du pied les différentes sortes de papier que j'avais pourtant placées avec soin, par ordre de grandeur, sur le plancher.

Je lui ai expliqué qu'il ne fallait pas chercher d'autres raisons, mais que les spécialistes ne l'entendaient pas comme ça. Ils voulaient me faire cracher le morceau (révéler un secret important ou avouer un crime, lexique, page 35), un morceau d'une dimension raisonnable, comme pour les foulards de Lucie qui n'en finissaient plus, au début. Inutile de leur parler de l'infiniment grand. Ils ne veulent rien savoir de l'infiniment grand. Un petit inceste peut-être? Ben voyons donc! Mon père ne m'adressait même pas la parole. Quelques bonnes claques? Une mère indifférente, ivrogne ou trop autoritaire? Rien de tout ça. Je leur ai déclaré, sans rire, que mes parents étaient morts en bas âge.

Clo s'était assise au pied du lit et contemplait le vernis rouge qui s'écaillait sur ses ongles d'orteils. Je lui ai dit:

Quand je regarde le ciel, la nuit, je vois des milliers d'étoiles qui semblent presque se toucher, c'est vrai, mais elles sont comme les humains, à des années-lumière les unes des autres et chacune tourne sur elle-même. Les rencontres sont fracassantes: il y a plus de 300 000 cratères de plus d'un kilomètre sur la seule face visible de la Lune. Tu te rends-tu compte, Clo?

Clo m'a regardée droit dans les yeux. Son exubérance avait complètement fondu. Elle m'a dit que chaque fois qu'elle regardait le ciel, elle pensait à tout ce qui se déroulait durant la même seconde, sur notre planète, que c'était dangereux de lever les yeux. Elle n'avait vraiment rien à foutre des 300 000 cratères de la Lune parce qu'en ce moment même on violait, on torturait, on tuait, on crevait de faim, de peur, de maladie, de désespoir. On pouvait être sûres que tout ça arrivait, là, maintenant, pendant qu'on était tranquillement assises sur mon lit en train de placoter. Alors la Lune et les étoiles, elle s'en contrefichait complètement.

J'ai toujours un peu peur quand les yeux de Clo commencent à rouler dans l'eau et j'ai voulu changer de sujet, mais elle a continué en disant qu'il y avait du bonheur ici et là, sur la planète, mais que les moins et les plus ne s'annulaient pas comme dans une opération algébrique, ils se juxtaposaient seulement. Depuis le jour où ces images s'étaient immiscées dans son esprit, elle n'était plus arrivée à les en chasser.

Quand j'arrête de bouger, j'entends le bruit du monde. Et c'est pas le grichement d'une radio qui pourrait y changer quelque chose. Tu comprends-tu, Violette? Tu m'écoutes-tu?

J'ai fait signe que oui, évidemment, mais je ne pouvais plus regarder Clo dans les yeux à cause de l'eau et je n'étais pas certaine de bien saisir ce qu'elle disait.

Elle a essayé de penser à autre chose en étudiant, rien à faire. Elle a consommé différentes sortes de drogues, c'était pire encore, plus aigu et plus tangible. On lui a donné des pilules et on a essayé de la faire parler de son enfance, foutaise, et à moins de rester gelée en permanence, rien n'y faisait. Alors, la solution, la seule solution, la solution finale, selon elle, c'était de s'intégrer.

J'ignore pourquoi Clo, qui était tellement enthousiaste l'instant d'avant, s'est ouvert le cœur de la sorte, comme on dit. Elle est partie la mine basse (le visage a une expression triste, piteuse, déprimée, lexique, page 23) vers sa chambre et elle a fait jouer sa musique à tue-tête. Je m'en voulais. Qu'est-ce qui m'avait pris? J'aurais dû garder mes histoires pour moi toute seule. Ou ne les raconter qu'à toi, Bérénice.

J'ouvre le livre:

J'ai le goût de brûler des campagnes, de bombarder des villes. J'ai le goût de secouer la nappe des océans, de pousser

les continents les uns contre les autres, de traverser l'univers
sur les étoiles comme on traverse un torrent sur les roches.

Quelques minutes plus tard, Clo est revenue précipitamment dans ma chambre. Elle a pointé le portrait de
Lucie et de Chagall que j'avais dessiné la veille et collé au
mur et m'a demandé, de but en blanc :

Violette, le dessin, ça te calme un peu, non ?

Qu'est-ce que tu veux dire au juste ?

Quand tu dessines, t'as moins le vertige, t'es moins
troublée, tu toussotes moins, non ?

Ça avait l'air extrêmement important pour elle. Mais
elle avait un peu raison, de toute façon. Elle a continué :

C'est comme si tu cessais d'être une spectatrice et que
tu te sentais en relation intime avec l'Univers, que t'arrê-
tais de penser et que t'entrais tout bonnement dans le
tourbillon de la vie. Comme si le trop grand espace entre
les étoiles avait rapetissé et que le monde entier pouvait
tenir dans le creux de ta main.

On peut dire ça comme ça, Clo.

Elle s'est mise à sourire. Où voulait-elle en venir ? Je
n'avais jamais vu les choses de cette façon ni pensé que
le monde entier pouvait tenir dans le creux de ma main,
mais ça semblait soudainement devenu une affaire de vie
ou de mort. Pas question de la contrarier. Elle était ravie.
J'avais répondu exactement ce qu'elle voulait entendre et
je me méritais un beau dix sur dix.

Alors regarde ça, j'ai trouvé une porte pour toi, m'a-
t-elle dit en me tendant des feuillets d'information qui
proposaient des ateliers de peinture et de poterie gratuits,
matériel fourni, ici même, dans le quartier.

Comment ça, une porte, Clo ?

Pour elle, on vit dans une espèce de long corridor. Ici et là, il y a des portes et il faut savoir ouvrir la bonne quand on passe devant, autrement…

J'aurais voulu lui demander : Autrement quoi, Clo ? Explique-moi le fond de ta pensée. Mais j'ai jugé que c'était une mauvaise idée. Il était tard. Lucie allait bientôt se mettre à chanter et j'avais déjà bien assez de mots à digérer comme ça.

Elle voulait qu'on aille visiter le centre ensemble un de ces jours. J'ai accepté. Pour qu'elle en finisse et qu'elle me fiche la paix. Un de ces jours, c'est un moment qui me convient parfaitement. Clo sera rendue ailleurs, façon de parler, et elle aura oublié. Je la connais.

La mer des Humeurs

Le bassin d'impact de la mer des Humeurs ou, de son nom latin, *mare Humorum*, possède un diamètre de 825 km. À son bord, côté nord, on peut voir le grand cratère à la perle de Gassendi dont le plancher est fracturé par des crêtes, failles ou escarpements à peu près concentriques par rapport aux remparts du cratère.

Pendant que Clo roucoule dans sa chambre avec monsieur Machin – parce qu'il est revenu, le maudit, ce qui prouve hors de tout doute qu'il n'a pas de parole –, et que Lucie, que rien ne dérange, tricote tranquillement au salon en regardant la reprise de la reprise des *Belles histoires des pays d'en haut*, je m'installe sur mon lit avec mon cahier.

J'allume la radio pour ne pas entendre la pâmoison de Clo qui se mêle à la voix de Séraphin. Un cocktail indigeste, je t'assure, viande à chien. Le gars d'avant avait ça de bon, au moins : il faisait sa petite affaire silencieusement en quelques minutes, puis il disparaissait, ni vu ni connu, alors que celui-là, on dirait qu'il le fait exprès de nous casser les oreilles, qu'il y prend plaisir. Si ça continue, on va lui charger un loyer.

Je disais que la folie, c'est un problème avec le temps. C'est vrai, mais c'est aussi un problème avec les mots.

Le jour de ma sortie de l'hôpital, l'apprentie psy m'a donné un cahier ligné, épais, avec un ruban doré pour marquer la page. La couverture, d'un bleu sombre qui tire sur le lapis-lazuli, est rembourrée et tapissée de fleurs de lys. Je n'en avais jamais vu d'aussi beau de toute ma vie. Elle avait écrit quelques mots sur la première page :

Que ce cahier soit comme une maison pour te garder au chaud et comme une carte routière pour tracer ton itinéraire.

Ça m'a mise un peu mal à l'aise.

D'abord, je n'ai pas trop compris ce qu'elle voulait dire au juste en parlant de maison et de carte et, surtout, j'ai pensé qu'elle ne se mêlait pas de ses affaires : je franchissais les frontières de son domaine, je n'avais plus rien à voir avec elle. Là où j'allais, elle n'avait pas juridiction.

Mais dès le premier soir, quand chacune a regagné ses quartiers et que je me suis retrouvée seule dans ma nouvelle chambre, au coin d'Ontario et Davidson, j'ai été incapable de fermer les yeux à cause des bruits inconnus qui traversaient les murs, qui s'insinuaient sous les couvertures, qui rampaient le long de mes membres.

Je ne savais plus quoi faire de moi.

Ma respiration s'est accélérée. Le cœur me débattait. Je n'arrivais plus à cesser de tousser. J'avais beau réciter ma litanie de couleurs, rien n'y faisait. Au lieu de me mettre à crier, à crier comme une perdue, au lieu de déchirer tout l'espace fraîchement conquis, de le déchirer par mes hurlements bestiaux, de courir dans la rue, de courir jusqu'au bout de mon souffle, au lieu de perdre complètement les pédales et de retourner subito presto d'où je venais, j'ai ouvert ce cahier. Je ne sais pas pourquoi, je ne sais pas comment, mais ça m'a calmée.

Au début, ce n'était même pas des mots, même pas des lettres. Je traçais de pleines pages de traits noirs hachurés, énervés, des traits qui partaient dans toutes les directions sans se préoccuper des lignes et du sens normal de l'écriture. Qui s'enfuyaient à toutes jambes. Des sortes de *t* sans tête, de *i* sans point, de *v*, de *w*, de *n* ou de *m* tout en angles aigus.

Une manière de crier en silence, si tu vois ce que je veux dire.

Ensuite, les mots sont apparus, un ou deux à la fois :

Noir, noir, noir, noir, noir. Noir épais. Noir épais, noir dense. Noir d'encre, d'encre, de carbone, de charbon, de fumée, de Mars, d'ivoire, d'ébène, de jais. Réglisse noire. Noire. Ombre noire. Nuit. Nuit noire. Aile. Aile de corbeau. Œil noir. Bête noire. Mouton noir. Chat noir. Tableau noir. Marché noir. Liste. Liste noire. Humeur noire. Idée. Idée noire. Veuve noire. Marée noire. Trou. Trou noir. Drapeau noir. Colère. Colère noire. Messe noire. Magie noire. Série noire. Misère. Misère noire. Chemise noire. Glace noire. Mouche noire. Lune cendrée. Nuit sans Lune, Lune noire.

Des affaires comme ça à pleines pages.

Après quelques jours, quand les phrases complètes – sujet, verbe, complément – ont fait leur apparition, j'ai déchiré ces premières pages-là. Je n'avais pas envie de me souvenir d'où je venais. D'avoir toujours ces vieux portraits en pleine face ou que quelqu'un tombe dessus. J'essaie autant que possible de ne pas laisser traîner de pièces à conviction (preuves qui pourraient servir lors d'un procès, lexique, page 35) qu'on pourrait utiliser contre moi, un de ces jours.

À partir de ce moment-là, j'ai pu m'endormir en voguant sur les chansons de Lucie. En m'abandonnant, si tu vois ce que je veux dire.

Elle savait peut-être ce qu'elle faisait, après tout, l'apprentie psy. Et puis, très vite, je me suis rendu compte que c'était plus commode pour parler avec toi, Bérénice, puisqu'on communique à travers l'écrit.

La folie, c'est un problème avec les mots.

J'en ai entendu, des cris rauques qui n'avaient plus rien d'humain, des cris de bêtes terrorisées, des cris préhistoriques. J'en ai entendu tous les jours qu'a duré mon séjour à l'hôpital. Et quand une personne lançait un beuglement en plein milieu de la nuit, elle déclenchait une sorte de système d'alarme qui réveillait la douleur des autres. Et c'était à l'unisson qu'elle s'exprimait, la douleur, en canon et en chœur jusqu'au petit matin, quand on finissait par tomber endormi d'épuisement.

Quand tu réussis à dire ou à écrire *j'ai mal*, tu es sur la bonne voie. Ton mal possède une dimension, une surface, une circonférence, un poids, si on peut dire ça. Il est domestiqué. Il est autorisé à sortir au grand jour et à se promener tranquillement dans la rue en côtoyant celui des autres, celui que chacun porte sur sa poitrine comme un médaillon. Ton mal est en mesure de déambuler en société sans ameuter personne. Tu vis avec lui, mais il n'est pas complètement toi. Tu n'es pas complètement lui. Il arrive même que tu puisses le déposer sur ta table de chevet, le soir, et t'endormir en pensant à autre chose.

Voilà ce que j'ai à dire sur cette question.

Comprends-tu, Bérénice?

J'ouvre le livre :

Il faut faire bien attention, ne rien troubler, ne rien déplacer : les plus grandes merveilles sont les plus craintives.

Thot, le seigneur du Temps

Dans le gros livre que j'ai emprunté à la bibliothèque Maisonneuve, j'ai découvert que toutes les mythologies du monde avaient voué un culte à la Lune. Par exemple, chez les Égyptiens, Thot, le dieu-ibis, est magnifique avec sa tête d'oiseau. Il est réputé tout connaître et peut capter la lumière lunaire dont il régit les cycles et c'est pourquoi on le surnomme le seigneur du Temps. Ailleurs, les dieux ou déesses lunaires se nomment Nanna, Sîn, Aglibol, Soma, Mawu, Ixchel, Mama Quilla, Coyolxauhqui ou Chang-Ngo.

Je suis déjà allée quatre fois à l'atelier d'art du Pavillon d'éducation communautaire. Clo, toujours investie de sa mission d'intégration, m'a harcelée jusqu'à ce que je finisse par accepter de la suivre.

Envoye donc ! Envoye donc ! Juste pour voir. Si t'aimes pas ça, on revient tout de suite. Promis, promis !

Le Pec, comme tout le monde l'appelle, est situé boulevard Pie-IX, au coin de La Fontaine. En m'y rendant, j'arrête toujours à la biscuiterie Oscar pour faire une petite provision de courage, selon Clo.

C'est un ancien couvent, probablement. Une grosse bâtisse qui m'a plu tout de suite à cause de ses boiseries, de la hauteur de ses plafonds, de ses corridors, de ses escaliers et de ses dédales à n'en plus finir. J'aime bien ce qui est vieux et grand. C'est comme si j'existais davantage dans ces lieux-là. Que je me retrouvais. Ne me demande pas pourquoi et ne me parle pas de vies antérieures, s'il te plaît.

Il y a de tout dans ce centre : une petite friperie, une halte garderie, un café, une variété de cours, une salle d'ordi et j'en passe. En plus, il paraît que tu peux frapper à la porte du bureau de la responsable, si tu as des problèmes, ce qui semble être le cas de pas mal de monde dans le coin, et qu'elle t'aidera. C'est Emilio qui me l'a dit.

Mais tout ça ne m'intéresse pas. Pas du tout, pas du tout, pas du tout. Je l'ai affirmé et répété à Clo. Tout ça ne m'intéresse pas, mis à part l'atelier d'art. J'arrive le lundi après-midi, à 13 h, et j'en repars à 16 h pile. Je m'installe dans le coin le plus discret, près de la fenêtre, mais il n'y a presque personne. En fait, il n'y a qu'Emilio et moi.

La première fois que j'ai mis les pieds au Pec, Clo, qui m'avait accompagnée, a parlé avec lui pendant au moins quinze minutes, s'intéressant à tout ce qui le concernait comme si elle voulait se marier avec lui. Elle ne laisse pas les gens en paix, Clo. Elle les approche, les regarde droit dans les yeux, leur tourne autour, les questionne, les touche et les fouille presque. Ça ne plaît pas à tout le monde, cette façon de faire, mais elle est comme ça et on ne la changera pas, si tu veux mon humble avis.

C'est un Mexicain qui habite au Québec depuis quatre ans. Il vit avec d'autres gars dans un appartement, quelque part, un peu à l'est de Pie-IX. Ce ne doit pas être bien loin du centre puisqu'il y vient à pied. Je le sais parce que je l'ai vu arriver, aujourd'hui.

Il est tranquille. Il parle un peu, mais pas trop. Il porte toujours la même veste marine sur un t-shirt blanc ou bleu pâle et un jean très usé. Ses cheveux, attachés en queue de cheval ou tressés, sont abondants et noirs ou plutôt bistre, comme ses yeux, que j'ai croisés en vitesse, avant de me concentrer sur ses chaussures, de vieux souliers de course gris en toile.

Il apporte des CD qu'il fait jouer en travaillant. Il veut savoir si ça me dérange. Ça ne me dérange pas. Lui, ça fait des mois qu'il fréquente l'atelier. Toujours le lundi après-midi. Il fabrique des personnages bizarres et je me demande si ce n'est pas un Sélénite, lui aussi, parce qu'il ne ressemble pas aux autres et qu'il s'intéresse à mon travail : je suis en train de peindre les différentes phases de la Lune.

Il travaille au noir. Il est gardien de nuit. En fait, non. Je pensais qu'il était gardien de nuit et j'ai trouvé que c'était un très beau métier. J'ai sorti mon lexique et j'ai dessiné un petit portrait d'Emilio assis, comme un surveillant de plage, sur une chaise à grandes pattes. Il a la tête levée vers le ciel pour observer la Lune et les étoiles et surveiller la position de chacune d'elles.

Emilio a voulu voir. Il avait l'air content et m'a demandé s'il pouvait feuilleter mon cahier. Il parle bien le français parce qu'il l'a étudié à l'université quand il habitait encore au Mexique, mais il y a beaucoup d'expressions dont il ne saisit pas parfaitement le sens. C'est pourquoi il a dit que c'était bien, un lexique comme le mien, et que je devrais le faire imprimer parce que ça pourrait servir à beaucoup de monde.

En réalité, il travaille le soir dans un restaurant rue Sainte-Catherine. Il est plongeur. Il ne plonge pas dans la mer du haut de sa chaise à grandes pattes, non, il lave la vaisselle. Comme il n'a pas les papiers nécessaires pour exercer son vrai métier, il doit occuper un emploi mal payé et être très discret.

Discret?

Très discret, car si les autorités qui s'occupent de ces questions-là l'apprenaient, il serait expulsé.

Expulsé?

Renvoyé de force dans son pays. Et il ne veut pas y retourner.

À moi, il peut le dire, car il me fait confiance, mais il ne faut pas en parler à qui que ce soit, de l'affaire des papiers et des permis qu'il n'a pas.

Mama Quilla, déesse inca de la Lune

Lors d'un grand déluge, je parie que tu l'ignorais, Bérénice, Dieu, surgissant du lac Titicaca, créa le Soleil, la Lune et les étoiles. Quilla, la Lune, est la reine de la nuit. Elle règle le cours du temps et suit la trajectoire de son frère, le Soleil, qui est aussi son époux. Associée au calendrier inca, elle est représentée par un disque d'argent au visage humain.

Comment Lucie a-t-elle appris qu'elle était devenue grand-mère?

Elle n'est pas causante, la Lucie, mais on s'est doutées de quelque chose, Clo et moi, parce qu'à partir d'un moment elle a commencé à tricoter des foulards moins longs, puis elle s'est procuré un jeu de quatre aiguilles pour confectionner des bonnets, des mitaines, des bas et tout le reste. Les livres de patrons pour enfants s'accumulaient maintenant sur sa table de chevet, mais elle n'en parlait pas.

Nos questions tombaient dans le vide, comme on dit. Quand on l'interroge, soit Lucie sourit, soit elle détourne la tête, soit elle quitte la pièce et va se bercer dans sa chambre. Alors, on n'avance pas vite.

Toujours est-il que Lucie tricote maintenant des petits vêtements colorés en ne laissant échapper aucune maille.

Elle les lave soigneusement, les fait sécher à plat en accaparant une partie du salon, les fixe avec des épingles et les presse. Ensuite, elle les enveloppe et dépose les paquets en pile sur sa commode.

Quand Lucie se prépare à sortir, deux ou trois fois par semaine, rien ne sert de lui demander où elle va, car elle ne répondrait pas. Elle va, avec un petit lunch et, de temps en temps, avec un paquet mou soigneusement emballé dans du papier acheté au Dollarama. Un tricot. Mais on a notre petite idée sur les escapades de notre coloc parce qu'il y a quelques semaines, en passant devant sa chambre, on a aperçu une carte de la ville étalée sur son lit. La chose nous a étonnées : Lucie ne laisse jamais rien traîner. On est allées y voir de plus près, Clo et moi : un trajet tracé au crayon partait de notre rue et s'arrêtait au coin de Beaubien et Molson. Qu'est-ce que Lucie va faire là-bas, elle qui ne connaît même pas l'existence des points cardinaux ? Parfois, elle est tellement abrutie par les médicaments qu'on ne peut pas dire avec certitude si elle s'en va ou si elle s'en vient.

Un bon vendredi après-midi, alors qu'elle préparait un sandwich, on est parties avant elle. On a marché jusqu'au parc. Ça nous a pris à peu près une heure. On s'est assises sur un banc, à l'abri d'un gros érable, et on a attendu. Au bout d'un moment, on a aperçu Lucie qui descendait de l'autobus. Elle est passée de l'autre côté du kiosque à musique sans nous apercevoir, puis elle s'est assise dans l'aire de jeux clôturée, à un endroit que dissimulaient des arbustes. On s'est déplacées pour mieux l'observer. Immobile, elle fixait un immeuble de l'avenue Elsdale, en face.

Au bout de trente-six minutes exactement, Lucie s'est levée et s'est dirigée lentement vers l'arrêt d'autobus. Sa journée était finie. Elle n'avait plus qu'à rentrer, grignoter quelque chose en regardant son émission de télé préférée, puis à traîner, absente, jusqu'à l'heure de se mettre au lit et de plonger dans la nuit, si on peut dire ça, en entonnant ses chansons.

On a continué à observer Lucie pendant qu'elle attendait au coin de la rue. Elle fixait le bout de ses souliers comme si rien d'autre n'existait au monde. La courroie de son sac à main brun démodé glissait à tout moment de son épaule tombante et, imperturbable, elle la remettait en place sans lever les yeux, cinq fois, dix fois de suite. Son imperméable marine, tellement délavé qu'il est devenu grisâtre, ne descendait pas assez bas pour camoufler complètement ses mollets gonflés de varices. Sa robe fleurie dépassait du manteau. Une espèce de robe saumon et jaune. Où a-t-elle bien pu pêcher une horreur pareille? On n'en vend plus nulle part, des comme ça, et depuis des siècles. J'exagère un peu. Elle a dû l'acheter pour cinquante cents dans un vestiaire des pauvres, quelque part, avec le manteau, les chaussures et le sac.

Lucie et Clo, ça ne les dérange pas, mais moi, je suis incapable de porter du linge qui a appartenu à d'autres avant. Je préfère enfiler toujours les mêmes vieilles guenilles. J'ai bien assez de ma vie, pas question d'endosser celle de purs étrangers. Celle dont ils se sont délestés et ils devaient bien avoir une bonne raison pour le faire. Rien qu'à l'idée qu'ils puissent reconnaître leurs anciens vêtements sur moi, par hasard, dans une rue de la ville, je deviens dingue. Encore plus dingue que d'habitude, si tu vois ce que je veux dire.

À part ses draps qu'on apporte à la buanderie Chez Jos, Lucie lave ses vêtements à la main. Elle les laisse tremper dans une bassine, puis elle les frotte, les rince minutieusement et les suspend à une corde qu'elle a installée dans la salle de bain. Nous, on n'aime pas ça, on trouve ça déprimant, on le lui a dit des dizaines de fois, mais elle continue quand même. Ce n'est pas pour nous contrarier, mais parce qu'elle ne peut concevoir qu'il puisse y avoir une autre façon de faire, bien qu'on le lui ait expliqué maintes et maintes fois. Même chose pour sa propre toilette. Elle ne va jamais sous la douche ni dans la baignoire. Elle remplit le lavabo et se lave par morceaux, à la débarbouillette, comme dans l'ancien temps.

Une dizaine de personnes se pressaient maintenant autour de Lucie. Comme elle demeurait immobile à contempler ses chaussures, elle se faisait bousculer. Finalement, l'autobus est arrivé et elle est montée, entourée d'inconnus.

Clo a dit que des Lucie, il y en avait des milliers dans la ville. De ces femmes au visage boursouflé, aux traits durcis et au regard absent. Si on faisait un peu attention, on finirait par les voir sortir des maisons, traverser les rues, entrer dans les dépanneurs ou monter dans les autobus. On ne sait pas d'où elles viennent, les Lucie, ni où elles vont. On ne sait rien non plus de ce qu'elles ont vécu, ces femmes anonymes, mais on devine qu'elles en ont mangé en masse.

On n'en revenait pas, Clo et moi, que Lucie, notre Lucie, ait pu réussir à élaborer toute seule un plan pareil. Ce n'est pas rien quand on la connaît, partir d'Ontario au coin de Davidson et se retrouver au bon endroit au bon moment. En fait, pour ce qui est du bon moment, on ne le sait pas, puisqu'il ne s'est rien passé. Elle est arrivée au parc Molson, s'est assise sur un banc en regardant attentivement vers un endroit précis, y est restée un certain temps, puis est repartie.

C'est bien tout ce qu'on peut dire.

On se sentait mal à l'aise, Clo et moi, en revenant. On regrettait d'avoir épié notre coloc comme des traîtres. On regrettait de l'avoir laissée prendre l'autobus toute seule. On regrettait pas mal de choses, en fait, mais on ne disait rien. On n'osait même pas se regarder.

Et ce sont deux hypocrites qui ont monté l'escalier de l'appart et qui sont allées, comme si de rien n'était, saluer Lucie qui se berçait tranquillement dans sa chambre.

Le marais de la Putréfaction

Le marais de la Putréfaction, tu l'ignores peut-être, Bérénice, n'a rien à voir avec les sables bitumineux de l'Ouest. C'est l'une des plaines basaltiques que l'on peut observer sur la Lune, mais qu'on n'a pas tellement envie de visiter.

Mes deux colocs étant sorties, j'ai mis Chagall dehors et je me suis installée, tranquille, à la table de la cuisine avec la boîte à chaussures Naturalizer que Lucie m'a donnée et dans laquelle je range les factures. Je suis la trésorière de l'appart. Au début, ma tâche était facile, mais maintenant, avec les articles achetés à crédit, l'opération devient de plus en plus fastidieuse.

Clo a commencé par nous convaincre qu'il nous fallait absolument, absolument le téléphone, on n'était plus au Moyen Âge après tout. Lucie et moi, on n'en avait rien à faire : en dehors de l'appart, personne à qui parler. Clo a fini par obtenir gain de cause, comme d'habitude, et on s'est procuré un modèle avec afficheur, mais elle a ensuite insisté pour qu'on achète un cellulaire : tout le monde en avait un maintenant et il serait impossible de nous trouver un emploi si on n'était pas branchées en tout temps. Qui a parlé de travailler ici ? Elle a dit qu'elle prendrait nos messages, qu'elle serait notre secrétaire, mais cette fois, ses gros sabots faisant trop de bruit, elle a dû accepter d'assumer cette dépense toute seule. Comme elle dépasse toujours le nombre de minutes inclus dans le forfait, ça lui fait une jolie somme. Tu me diras que c'est son problème et tu aurais parfaitement raison si elle ne venait pas nous quêter l'argent qui lui manque pour régler la facture.

Le frigo nous a lâché et comme il y avait un spécial si on achetait aussi la cuisinière et que la nôtre achevait son règne de toute façon, on s'est procuré l'ensemble à crédit. La télé nous a été donnée dès notre arrivée par la sœur de Clo, mais, sans le câble, ce n'était pas terrible. Avec l'ordi que Clo a déniché je ne sais où, il nous faut également l'accès à Internet.

Remarque que tout le monde en profite. Lucie peut regarder ses *Belles histoires des pays d'en haut* aussi souvent qu'elle le désire sans se fâcher parce que l'image s'embrouille à tout moment, et moi, j'adore voyager avec Google earth. Des fois, j'amène Lucie et on part loin, mais le plus souvent, elle me demande simplement de parcourir certaines rues de Montréal, celle où elle a grandi et d'autres. Elle ne me dit pas pourquoi elle veut aller là ou là, mais elle me guide : ralentis, avance encore un peu, arrête-toi ici.

Toujours est-il qu'après avoir payé ma part du loyer, de l'électricité, du câble, d'Internet, du téléphone, des nouveaux appareils électriques, de la bouffe, et en soustrayant le montant que Clo m'a emprunté et dont elle reporte le remboursement d'un mois à l'autre, il ne me reste plus grand-chose.

Une fois les comptes terminés, je suis allée porter un rapport de nos dépenses sur le bureau de mes colocs et j'en ai profité pour fouiner.

La chambre de Lucie est rangée comme celle d'une bonne sœur. Enfin, j'imagine, parce que je n'ai jamais vu la chambre d'une bonne sœur. Sur le rebord de la fenêtre sont parfaitement alignées, comme des soldats au garde-à-vous, quelques figurines : l'ange en porcelaine à la robe orangée qui tient un tambour et dont l'auréole dorée est cassée, cadeau de sa première communion ; une salière et une poivrière en forme de chats qui s'emboîtent et une espèce de petite niche en bois dont les portes s'ouvrent sur une Vierge jaunie. À côté des figurines, un cactus qui n'a pas bronché depuis qu'on a emménagé ici. On ne sait pas s'il veut quelque chose ou s'il se fout complètement de ce qui pourrait lui arriver. Un peu comme Lucie quand elle est bourrée de pilules.

Au-dessus du lit, un crucifix derrière lequel un rameau, qui doit provenir des années cinquante, a été coincé. Tu sais à quoi ça servait, toi, des rameaux ? Sur la table de chevet trônent la dosette de médicaments et le flacon de tranquillisants. Un pot de fleurs artificielles posé sur un napperon de dentelle acheté au Dollarama décore la commode brune, en faux bois, qui avait été abandonnée sur place par les anciens locataires. Un cadre ovale surplombe la commode. On y voit le portrait des parents de Lucie. Le père, en habit trois pièces, se tient raide dans son fauteuil. Sa minuscule épouse, chignon serré, tout de noir vêtue, est debout, derrière lui, une main sur l'épaule de son mari. On ne devait sûrement pas rigoler tous les jours dans cette maison-là.

Dans un cadre un peu plus petit : un Sacré-Cœur. Si je n'avais pas peur du ridicule, je m'en procurerais un comme ça, moi aussi. C'est un beau jeune homme au teint rosé et aux traits fins. Ses longs cheveux blonds sont légèrement ondulés. Il sourit et une infinie douceur inonde son joli visage de hippie californien. On aurait envie de courir se jeter dans ses bras ouverts, mais on se retient parce qu'au centre de sa poitrine un cœur cintré d'une couronne d'épines et coiffé d'une flamme laisse échapper mille rayons dorés qui irradient toute l'image.

Suspendus au cadre, deux chapelets.

Sur le lit étroit, un couvre-lit en chenille bleu pâle délavé est parfaitement tiré, sauf le creux qui sert de nid à Ti-chat. À son pied, les pantoufles en minou rose sont disposées côte à côte au milieu d'une carpette d'un bleu s'approchant de celui du couvre-lit et qu'elle s'est procurée où ? Au Dollarama, un des rares endroits où on a un certain pouvoir d'achat.

Lucie ne peut pas supporter le moindre désordre. Les choses doivent être à leur place. C'est une question de vie ou de mort pour elle. Elle est toujours prête pour l'inspection. La grande inspection. L'inspection suprême. La mère de toutes les inspections, pour parler comme Clo qui lui disait, dans les premiers temps de notre cohabitation, de slaquer un peu, mais ça ne servait à rien. Elle nous souriait en plissant les yeux et continuait à classer ses affaires.

Hier, pendant l'absence de notre coloc, Clo, qui voulait prendre sa douche, s'est énervée en apercevant la ribambelle de culottes et de bas suspendus à la corde tendue d'un bout à l'autre de la salle de bain. Il faut dire qu'elle l'était déjà, énervée, depuis le matin. Elle avait bourrassé dans sa chambre un bon moment avant d'en sortir et de me bombarder les oreilles à grands coups de Bordel de merde et de sacrament. Elle a décroché les vêtements de Lucie qu'elle a lancés, en vrac, sur son lit. J'ai eu beau lui dire que ce n'était pas une bonne idée, elle a continué comme si je n'avais pas ouvert la bouche. Elle fait toujours ce qu'elle veut et ce jour-là, de toute évidence, c'est le trouble qu'elle voulait.

Quand Lucie est arrivée, elle est restée figée dans l'embrasure de la porte de sa chambre, incapable d'y pénétrer. C'était comme si tout était défiguré, souillé. Je suis allée chercher la pile de linge et je l'ai apportée dans le salon. Lucie est venue s'asseoir près de moi. Elle a plié lentement chaque pièce de vêtement comme elle le fait d'habitude et elle a ensuite tout rangé dans ses tiroirs. Son cœur s'est remis à battre, la vie a repris son cours, les autos ont pu continuer à rouler rue Ontario, la Terre a poursuivi sa rotation, si on peut dire ça comme ça. Clo a crié :

C'est ça, encourage-la, Violette. Vous êtes ben pareilles, toutes les deux. Câlisse, j'en ai par-dessus la tête, moi, de vos manies de malades mentales. Je vais aller m'aérer.

Et elle est sortie en claquant la porte. J'ai pensé : elle reviendra. Elle reviendra, c'est sûr. Elle revient toujours d'habitude. Et ses affaires sont toutes dans sa chambre, alors elle sera bien obligée. J'ai regardé par la fenêtre et j'ai aperçu Johanne, la fille qu'on a rencontrée à la Cuisine collective, qui l'attendait sur le trottoir.

Quand elle déplace un objet par mégarde, Lucie le prend nerveusement et le pose au bon endroit dix fois de suite comme pour effacer l'instant de désordre durant lequel son petit bateau aurait pu chavirer, comme pour faire disparaître la tache sur la robe de l'Immaculée Conception, selon Clo. Elle prétend que Lucie s'est entourée de mille choses qui lui tiennent lieu de sentinelles, à commencer par les figurines sur le rebord de la fenêtre occupant visiblement la ligne de front. Chacune doit se tenir à son poste en permanence, toujours prête à répondre à un appel de détresse.

Pour son anniversaire, j'ai acheté à Lucie, au Dollarama, un petit hibou en porcelaine qui a l'air rébarbatif. Elle m'a remerciée avec un grand sourire quand je lui ai affirmé qu'il ne dormait jamais. Elle est tout de suite allée le placer à côté des deux chats encastrés.

Ce jour-là, j'avais eu l'idée d'offrir un cahier à chacune de mes colocs. Un petit cahier ordinaire en rien comparable à celui que la psy m'avait donné. Ce n'était pas dans mes moyens. Je leur ai expliqué que ça pouvait rendre service, un petit cahier, qu'on pouvait s'en faire une sorte de maison. Elles m'ont regardée, surprises, et m'ont remerciée sans conviction.

Tout ça pour dire qu'en allant porter le rapport de nos dépenses, sur le bureau de mes colocs, j'ai ouvert leurs cahiers. Je voulais juste vérifier si elles les avaient utilisés. Je sais que ça ne se fait pas et que moi, je piquerais une méchante crise, une crise gris de Payne traversée d'éclairs argentés, si quelqu'un osait fouiller dans mes affaires, mais je suis comme ça. Je commets des actes dégoûtants de temps en temps. L'autre jour, j'ai passé au moins deux heures à regarder les suites d'un gros accident au coin de Pie-IX et Ontario. Je me suis dit, tout excitée : ça tombe bien, je m'emmerdais justement, ça va me faire de la distraction.

Je camoufle en moi une zone marécageuse dégueulasse. Un champ oléifère qui englue mes oiseaux et pollue mon eau et mon ciel, pour parler comme Clo. Je le dissimule autant que je peux, mais il est toujours là. Je voudrais m'en débarrasser, construire un oléoduc pour faire migrer cette merde ailleurs, loin, très loin, au moins jusqu'en Louisiane. Qu'elle aille polluer le golfe du Mexique en contaminant, chemin faisant, toutes les nappes phréatiques du Montana, du Wyoming, du Nebraska, de l'Oklahoma et du Texas. Les États-Uniens refusent ? Qu'à cela ne tienne, je lui ferai franchir les Rocheuses vers le Pacifique ou traverser tout le Canada, terre de nos aïeux.

Parfois, l'odeur de mon haleine devient tellement pestilentielle que le cœur me lève. Je vomis à grands coups de hoquets. Je me cache pendant des heures, des jours, même, de peur qu'un jet noir et visqueux jaillisse de ma bouche à mon insu, se répande dans l'appartement et dévoile ma vraie nature. J'exagère juste un peu. C'est à force de côtoyer Clo.

Tu me vois venir : j'ai non seulement ouvert le cahier de mes colocs pendant qu'elles étaient sorties, mais j'ai aussi lu ce qu'elles avaient écrit.

Dans toutes les marges du sien, Lucie a inscrit, d'une écriture d'écolière appliquée, trois lettres majuscules : J.M.J. et, sur la première page, un bout de sa chère mélopée :

Protège aussi, Seigneur
Ceux qui nous aiment
Partout garde-les du péril
Pitié pour les méchants eux-mêmes
Et paix à tous nos morts
Ainsi soit-il

Ensuite, on peut lire : *Étoile du matin reine du saint Rosaire*

C'est le titre d'une chanson qu'elle entonne de temps en temps. Elle nous a raconté que ça jouait tous les soirs à la radio, durant sa jeunesse. Quand la chanson commençait, tout le monde se regroupait devant l'appareil et tombait à genoux pour réciter le chapelet.

Sur la page suivante, une adresse située sur la rue qui borde le parc Molson, au nord, et cette phrase écrite en majuscules, pour bien attirer l'attention, je suppose :

QUAND JE MOURRAI, ALLEZ PORTER LES AFFAIRES QUI SONT DANS LE PETIT TIROIR À CETTE ADRESSE-LÀ. MERCI BEAUCOUP.

À part les trois lettres énigmatiques, JMJ, dans les marges, le reste du cahier était encore vierge. Que contient le petit tiroir ? Qu'est-ce que Lucie peut bien avoir à léguer ? Je commençais à rôder autour de la table de chevet quand, heureusement, j'ai entendu du bruit dans l'escalier. Je suis sortie précipitamment de la chambre sans ouvrir le petit tiroir, ce qui m'a évité une autre montée bitumineuse dans la gorge.

C'était une fausse alerte et j'ai continué ma perquisition dans la chambre de Clo, un vrai bordel. On passe notre temps, Lucie et moi, à ramasser ses affaires : vaisselle sale sur le comptoir ; linge sur les chaises ou même par terre dans le corridor ; revues et livres dans la salle de bain ; flacon de vernis à ongles, crème à mains, fard à joues ou miroir grossissant sur la table de la cuisine ; cendriers, cigarettes, briquets, bouteilles vides, disques, souliers, courrier, factures, gratteux déjà grattés ou en passe de l'être, sac à main béant et débordant d'objets hétéroclites en plein milieu de quelque part. Me rendre à sa commode tenait du sport extrême.

Dans le cahier de Clo, que j'ai fini par débusquer sous une boîte de pizza, aucune lettre majuscule dans les marges. L'écriture se promène n'importe comment, tantôt inclinée à droite et tantôt à gauche. Elle est fine et régulière puis, cinq mots plus loin, à propos de rien, elle s'arrondit, s'agrandit, s'épaissit. C'est comme une partition musicale. On pourrait chanter sur ces lignes-là. Une chanson très cacophonique. On voit qu'elle écrit avec ses tripes. Clo fait tout avec ses tripes. C'est une façon de parler que je ne pourrais pas expliquer, mais je sais que ça s'applique à Clo et à Édith Piaf.

Elle part sur des balllounes (se passionner rapidement pour quelque chose sans vérifier si ça en vaut la peine et sans évaluer les risques que l'on court parce qu'une balloune, ça peut crever très facilement, lexique, page 10) à tout bout de champ. C'est le plus beau jour de sa vie et puis, une heure plus tard, elle se dégonfle et pleure le reste de la journée sur les malchances qui lui tombent dessus. Elle n'est pas reposante. Imagine vivre avec une sorte d'Édith Piaf au quotidien. Ma mère écoutait souvent Édith Piaf, et c'est pour ça que je la connais. Mais bon, personne n'est parfait. Et au moins, avec Clo et ses gros sabots, on sait à quoi s'attendre.

Bizarrement, elle ne raconte pas grand-chose avec les mots qu'elle jette, bout à bout. Ou c'est moi qui ne saisis pas cette sorte de désordre volcanique, de jazz explosif. Je n'aime pas le jazz et particulièrement le free jazz qui est pure improvisation, sans trame mélodique, et qui ne respecte rien, même pas le temps. Je me suis servie de métaphores, comme tu vois.

Finalement, ce ne sont pas tellement les mots, mais c'est plutôt la forme qui raconte quelque chose. Quelque chose que je ne sais pas lire. Et c'est bien fait pour ma gueule, comme dirait Clo.

Il faut que j'achète la robe rouge que j'ai vue dans une vitrine de la rue Laurier. Une robe rouge, d'un rouge fulgurant. Quand je l'ai aperçue, je me suis arrêtée net : c'est celle-là. Je la veux. Je la veux tout de suite. Je n'arrive pas à penser à autre chose. Ça ne peut pas attendre. Il n'y a rien d'autre à porter. Personne. Personne ne comprend. Personne ne comprend ce genre de choses. Aller chez ma sœur. Peut-être qu'elle me filera un petit cent ou deux.

Ça commence à faire. Une autre fois, en tout cas. Trop d'annonces à la télé. Trop d'annonces sur les murs de la ville et même dans le ciel au-dessus de nos têtes. Trop. Trop d'annonces dans les yeux des passants. Trop d'annonces dans ses yeux à lui surtout.

Crisse de vie plate. C'est exactement comme dans Les parapluies de Cherbourg *qu'on a regardé à la télé, hier, comme trois petites folles. Rien que des maudites annonces d'un bout à l'autre.*

Je vais y voir. Fie-toi sur moi. Attends que j'arrive. Maudite gang d'écœurants. Tous des écœurants, rien que des écœurants.

Un foulard beaucoup trop grand pour moi. Et que le vent gonfle. Et qu'il emporte avec lui. Rouge comme la robe. Comme mon lit. Trop grand. Comme ma vie, trop vide.

Et cet éclair dans ses yeux. De la glace vive. Qui brûle. Qui dévore tout ce qu'elle touche.

Ces yeux-là.

Je voudrais les briser en mille éclats pour qu'il soit impossible de recoller les morceaux.

Au bout de la rue, le soleil s'est noyé dans une flaque d'eau minuscule.

Et puis plus rien.

La fin du monde comme un désert de dunes blanches.

De glace.

Ça continue sur ce ton énigmatique pendant six pages.

Le langage de Clo n'est pas le mien. Je m'applique à voir les choses à la manière des jeunes enfants, c'est-à-dire comme elles sont. Tu as un poil qui dépasse de la narine, un bouton sur le front, le jeune enfant t'examine. Il ne fait pas semblant que le bouton ou le poil n'existent pas. Il les scrute au contraire avec la plus grande attention, puis, il les pointe du doigt et tire sa conclusion : un poil, un bouton. Il ne pense pas : c'est laid, c'est bizarre, c'est mal. Il dit : poil et bouton. C'est tout.

Voilà le langage que j'aime, la façon de vivre que j'aime.

Mais bon, à chacune sa maison dans laquelle, moi, j'entre par effraction, si on peut dire ça comme ça.

Et si la preuve était encore à faire, elle l'est maintenant, hors de tout doute raisonnable : je suis un déchet. Une maudite vache. Une charogne. Et en plus, j'ai une araignée dans le plafond. Mon père avait raison. Nausée. Ben bon pour ta sale gueule. Et mon prénom qu'il ne prononçait jamais et qui était pourtant celui de sa sœur. Sa sœur cadette, ma marraine.

Cette tante Violette était la seule personne capable de me garder quand mes parents sortaient. La seule dont je recherchais la compagnie. La seule dont je guettais l'arrivée et vers laquelle j'accourais quand je la voyais traverser le chemin.

Elle cachait toujours une surprise dans son immense sac en cuir noir. J'y plongeais la main et je dénichais un nouveau caillou pour ma collection, un coquillage, un morceau de verre poli par le fleuve, quelques billes, une perle échappée d'un collier, une petite toupie ou un origami glissé entre les pages du livre au titre énigmatique dont elle ne se séparait jamais, *L'avalée des avalés*.

Elle me racontait des histoires abracadabrantes qu'elle inventait au fur et à mesure et dont je raffolais comme une folle. Côte à côte, on dessinait pendant des heures les héros des aventures qu'elle avait imaginées, des personnages farfelus qui ne ressemblaient à aucun habitant de Petite-Rivière ni même de Baie-Saint-Paul.

Elle me laissait essayer sa bague surmontée d'une améthyste qu'elle avait promis de me donner un jour. Je veillais aussi tard que je voulais et, par nuit claire, elle m'amenait écouter le fleuve et contempler le ciel. Elle connaissait le nom de plusieurs constellations qu'elle m'apprenait à repérer. Ensuite, elle me portait jusque dans mon lit et n'oubliait jamais d'allumer la petite lampe du corridor.

Quand j'avais huit ans, elle s'en est allée sans le dire à personne, n'emportant que son gros sac et ne laissant, pour toute explication, que ce bref message que mon père, abasourdi, avait posé sur la table de la cuisine avec la fameuse bague :

Mes yeux sont las de se buter sur vos masques de plâtre. Je m'en vais voir si le monde est aussi petit que vous le prétendez. Restez au chaud. Ne bougez pas. C'est encore ce que vous savez faire de mieux. Et remettez ma bague à Violette qui est la seule personne qui me manquera ici.

Elle n'est jamais revenue.

J'ouvre le livre :

Tout prendre, nous saisir de tout. Tout nous appartient : il suffit de le croire. Pourquoi veiller jour après nuit ? Il suffit de se porter sur les lieux et posséder. Pourquoi attendre ? Il suffit de partir.

Le golfe des Iris

Le golfe des Iris, aussi nommé baie des Arcs-en-ciel, est une plaine de lave basaltique qui forme une courbe au nord-ouest de la mer des Pluies. Cette baie et les montagnes des environs sont considérées par les observateurs comme le plus joli site de la Lune. Un lieu de villégiature par excellence, quoi.

Aujourd'hui, quand on s'est rencontrés à l'atelier, Emilio n'avait pas le cœur au travail. Après quelques minutes, il a cessé la fabrication de ses petits personnages bizarres et il est venu s'asseoir près de moi. Je m'amusais avec une vieille boîte d'aquarelle oubliée sur une tablette. Avec l'aquarelle, tu peux jouer pendant des heures : un peu d'eau, une goutte de couleur dans une autre et la nouvelle teinte se met à chanter, selon Emilio. Du gris de Payne dans le magenta, du bleu d'outremer dans l'ocre, du rouge de cadmium dans du vert permanent...

J'ai dit à Emilio :

Difficile d'expliquer la sensation que j'éprouve en entrant dans le monde de la couleur.

Il a réfléchi un peu, puis il m'a répondu :

C'est un peu comme si tu te jetais dans la mer. Tu as déjà fait de la plongée, Violette ? Non ? Tu pénètres dans cet univers à tes risques et périls avec ton masque, tes palmes et ton tuba en ignorant ce que tu vas découvrir.

Il m'a suggéré de fermer les yeux et d'imaginer une plongée : mes mouvements deviendraient fluides, j'ondulerais, dans un état d'apesanteur, entre les bancs de poissons, la végétation sous-marine, les épaves et les trésors enfouis dans le sable. Les êtres étranges et silencieux des profondeurs me guetteraient avec leurs yeux surdimensionnés, ne me laissant que le temps d'admirer leurs formes et les motifs fascinants dont ils se parent. Je baignerais dans une lumière diffuse et douce. La notion d'espace et de temps se serait dissoute petit à petit. J'aurais perdu tous mes repères. Mes propres contours seraient devenus aussi flous que la réalité de la terre ferme.

Je suppose qu'il doit être difficile de remonter à la surface après un tel voyage. Peut-être plus difficile encore que de quitter le sol lunaire au lever du jour. Et si on dessine avant de se coucher, les teintes continuent de se mélanger en éclatant comme des aurores boréales derrière nos paupières. On ne s'endort pas de sitôt.

J'aurais pu poursuivre mon jeu en notant la composition de chaque nouveau mélange, mais Emilio n'arrêtait pas de se frotter l'oreille droite. J'ai tout de suite deviné qu'il avait une otite. Pas bien difficile : j'en ai fait des dizaines du temps de Petite-Rivière. On m'amenait de force à la clinique. Je me roulais par terre pour ne pas y aller, et ensuite, une fois rendue, pour ne pas qu'on me touche. C'était toujours le même scénario, si bien que le docteur ne se donnait plus la peine de m'approcher. Il gribouillait une prescription d'antibiotiques et c'était réglé. Alors je lui ai dit :

C'est simple, Emilio, il te faut des antibiotiques.

On a donc quitté le Pec avant l'heure habituelle. Je n'aime pas chambouler mon horaire, mais il s'agissait d'un cas de force majeure, comme on dit. Il fallait d'abord passer prendre sa carte d'assurance maladie. Moi, j'ai toujours la mienne à portée de la main, on ne sait jamais.

On a marché jusqu'à Bennett, au coin d'Adam. C'est là qu'habite son cousin, au deuxième étage d'un triplex, avec sa femme et ses trois enfants. En fait, c'est au troisième si tu comptes le rez-de-chaussée, ce que font la plupart des gens. Emilio m'a invitée à monter. Pourquoi est-ce qu'on n'allait pas directement chez lui ? Il a répondu qu'il m'expliquerait tout ça après.

J'ai hésité. Je n'aime pas entrer dans des endroits nouveaux et, en plus, chez des inconnus, mais j'ai décidé de le suivre, car j'avais encore moins envie de l'attendre, plantée sur le trottoir. Il y avait trop de monde qui circulait dans le coin : la maison est située juste en face du Cap Saint-Barnabé, une ancienne église qui abrite maintenant plusieurs organismes communautaires. Emilio a dit que c'était très pratique, entre autres parce qu'il y a une épicerie où tu peux presque tout acheter à rabais.

L'appartement semblait, au premier coup d'œil, aussi grand que le nôtre, mais moins bien éclairé. Il y avait des vêtements, de la nourriture et des jouets à la traîne comme si trois Clo y résidaient. J'étais mal à l'aise. Emilio m'a présentée à son cousin qui était en train de lire en écoutant de la musique, car il a congé le lundi. Il m'a saluée en me fixant et en inclinant la tête lentement. Ils se sont dit quelque chose en espagnol. Je n'ai rien compris puisque je ne connais pas l'espagnol, mais Emilio a ri, puis il a pris la carte que lui tendait Alberto et on est enfin redescendus.

Emilio m'a indiqué sa maison en la pointant avec son index. Ils sont cinq à y vivre, cinq Mexicains, comme lui. Et c'est Alberto qui a signé le bail.

On est arrivés à la clinique Viauville qui est située tout près, rue Ontario. Pendant qu'on attendait, Emilio m'a dit :

Ne te surprends pas si je me lève quand on appellera mon cousin. J'ai emprunté sa carte parce que je n'en ai pas.

Emilio m'a raconté son histoire secrète et j'ai su, enfin, pourquoi il travaillait au noir : c'est un clandestin. En réalité, Emilio n'existe pas. Façon de parler, évidemment. Je veux dire qu'il n'existe pas officiellement et c'est probablement pour cette raison qu'en le voyant, la première fois, j'ai pensé que c'était peut-être un Sélénite, lui aussi. Il ne doit pas se faire remarquer, ce qui explique qu'il attend à la dernière minute pour aller consulter un médecin. Il craint toujours d'être découvert et renvoyé dans son pays. Il n'a donc rien à son nom : ni bail, ni permis de conduire, ni carte de crédit, ni compte de téléphone ou de quoi que ce soit d'autre. Rien. Il n'a que son passeport mexicain, c'est tout.

Emilio est une sorte de fantôme à Montréal, si tu vois ce que je veux dire. Il a dû quitter la ville de Tepic où il est né, a grandi et a fait ses études. Il m'a demandé, à voix basse, si j'avais déjà entendu parler de cet endroit et ce que je connaissais du Mexique. J'ai réfléchi deux minutes en me bouchant les oreilles parce qu'il y avait trop de bruit dans la salle d'attente :

Je sais pas grand-chose, Emilio, à part les pyramides, les Aztèques, les plages d'Acapulco, la salsa et la langue.

Tepic, qui est une très jolie ville d'environ trois cent mille habitants où il fait toujours beau, s'est édifiée, à partir de 1531, au pied d'un volcan éteint, le Sanganguey. Est-ce que je connaissais la cathédrale de Tepic? Une merveille, selon lui. Il me la montrera sur Google.

Deux chaises se sont libérées dans un coin plus tranquille. Emilio m'y a entraînée et il a regardé autour de nous avant de continuer de me raconter son histoire secrète.

Tepic est la capitale de l'État de Nayarit qui est bordé par le Pacifique. La ville se trouve à une cinquantaine de kilomètres des plages de la région de Santa Cruz. On prend la route 76 qui zigzague dans les montagnes et, au bout de quarante petites minutes, on est arrivé.

Alors, pourquoi avoir quitté ce paradis? Pourquoi?

Emilio poursuivait ses études en langues et en journalisme. Il venait de trouver un emploi dans un grand quotidien de la ville. Peu de temps après, un reporter et un photographe du même journal ont été assassinés. Quand le rédacteur en chef a reçu des menaces de mort, Emilio a compris que son nom était sur la liste.

Quelle liste, Emilio?

Celle des gens à abattre.

Il a donc décidé de foutre le camp (partir au plus vite, lexique, page 13) et d'aller rejoindre son cousin Alberto qui était installé à Montréal depuis plusieurs années. À cette époque, c'était en 2008, il n'était pas nécessaire de demander un visa pour entrer au Canada, comme c'est le cas actuellement, alors il a pris l'avion et, arrivé à Dorval, il a demandé l'asile politique. On a écouté son histoire, on lui a remis les papiers et les cartes nécessaires pour lui permettre de survivre jusqu'à ce que sa cause soit entendue. À l'automne 2010, sa demande a été rejetée. Il en a appelé, mais rien à faire.

Je comprends pas. Comment c'est possible, Emilio?

Il a haussé les épaules.

Explique-moi.

Emilio a raconté au juge la guerre entre le gouvernement et les narcotrafiquants, la fermeture du journal, les
menaces, les morts, mais son récit ne l'a pas convaincu
puisque, selon lui, le Mexique, en tant que pays démocra-
tique, était en mesure d'assurer la sécurité de ses citoyens.
Il a conclu qu'Emilio ne courait pas de danger réel s'il
retournait dans son pays. Et le plus ironique, c'est que la
semaine suivante, quinze personnes ont été tuées dans un
lave-auto de Tepic par des trafiquants. Il y avait deux gars
qu'il connaissait dans le groupe, des voisins avec lesquels
il avait joué, enfant.

Emilio s'est arrêté de parler. Il a fixé ses vieilles espa-
drilles grises durant un bon moment avant d'ajouter qu'il
disposait de quelques semaines pour quitter le Québec,
mais il a décidé de rester et il se faufile dans la vie depuis
ce temps-là.

Donc, les autres personnes avec lesquelles tu habites
sont dans la même situation que toi? Des hors-la-loi?

Oui, des hors-la-loi, comme tu dis. Il y en a deux qui
vont passer en cour bientôt. Ils auront peut-être plus de
chance que moi, car ils sont homosexuels.

Je n'ai pas eu le temps de lui demander pourquoi
c'était une chance parce qu'il a été appelé. Enfin, Alberto a
été appelé, et on est repartis au bout de quelques minutes
avec une prescription d'antibiotiques. Après être passés
à la pharmacie, comme il était trop tard pour retourner
au Pec, on est allés à l'appart pour regarder Tepic et sa
région sur Google.

C'était très bizarre d'imaginer Emilio déambulant à
des milliers de kilomètres d'ici dans ces paysages lointains.

Jusqu'à ce jour, le seul décor de fond qui lui appartenait, à ma connaissance, c'était le Pec et un morceau de notre quartier.

J'ai vu qu'il avait les yeux pleins d'eau en faisant défiler les images de son Mexique natal, alors, pour lui changer les idées, je lui ai montré Petite-Rivière. Sur une des vues du village, on pouvait même apercevoir la maison d'où je viens. J'ai eu beau lui expliquer que, là-bas, les montagnes avancent, la nuit, quand tout le monde dort, et cherchent sans cesse à te pousser dans le fleuve, rien à faire : l'endroit lui a plu.

T'as envie d'y aller, Emilio ? Ben, ce sera sans moi ! Quand on part de Petite-Rivière, on n'y revient pas. Et toi qui veux passer inaperçu, sache qu'un Mexicain, à Petite-Rivière, ça se remarque.

Lucie, qui revenait de sa balade, essayait de déverrouiller la porte et commençait à s'énerver, comme d'habitude. Je suis allée lui ouvrir en vitesse et aussitôt entrée, elle a commencé à ramasser les traîneries de Clo.

Emilio a voulu l'aider, mais je lui ai dit qu'il valait mieux la laisser tranquille. En rangeant l'appart, Lucie a l'impression de contribuer à la bonne marche du monde, et ça l'apaise. En fait, c'est la théorie de Clo. Une théorie qui l'arrange, évidemment.

Je pense que la folie a quelque chose à voir avec l'espace et avec les limites. La chambre de Lucie : on dirait une image. Elle a tracé des frontières étanches et immuables autour d'elle, alors que Clo envahit chaque recoin de l'appart, de la rue, du quartier, même. Elle s'épanche, s'écoule, se déverse, se répand, se propage, se sème aux quatre vents. Façon de parler, évidemment.

C'est comme si la loi de la gravité, qui maintient toute chose à sa place, n'avait plus cours pour elle et que tout fuyait, s'éparpillait, lui échappait.

Et si moi, j'ai perdu les pédales, comme on dit, c'est un peu à cause du fleuve. Ma maison de Petite-Rivière était adossée à la falaise et coincée entre elle et la route. La chambre que j'occupais à l'étage faisait face au fleuve. Je restais des heures accoudée au rebord de la fenêtre à guetter un bateau, une île capricieuse, au loin, qui ne daignait se montrer que sous un certain éclairage et à une certaine heure du jour, le vol d'un cormoran, un nuage, un éclair, une tempête, la Lune et les étoiles.

J'avais l'impression d'être seule au monde et que le monde se donnait en spectacle pour mon seul plaisir. Ici, en plein centre de Montréal, on devine à peine les étoiles même quand le ciel est parfaitement dégagé, mais là-bas, à Petite-Rivière, où tout est vaste à part le nom de la place, elles se touchaient presque. J'essayais d'oublier que chacune d'elles n'était pas un simple petit point dans la nuit. J'essayais d'oublier que la distance entre la Terre et le plus rapproché de ces points se calculait en années-lumière alors qu'une seule seconde-lumière nous sépare de la Lune. J'ai dit à Emilio :

Tu vois, à cause des nuits noires de Petite-Rivière, je peux pas simplement vivre comme tout un chacun.

Emilio m'a fait signe qu'il comprenait et qu'il avait déjà vu des ciels comme ceux dont je parlais, quand il habitait au Mexique.

Même si l'espace est partout, à Montréal, on se bute sur tellement d'obstacles qu'on arrive à l'ignorer. Notre esprit est capté par mille choses auxquelles on doit porter attention si on veut survivre. On oublie l'espace, on oublie que la Lune est une sphère. On oublie le mystère dans lequel on baigne comme des aveugles. On oublie tout ce qu'on sait en commençant par le fait qu'on va disparaître au bout de notre minuscule vie. Disparaître dans la nuit noire sans avoir rien compris. Et on s'invente une réalité parallèle.

À Petite-Rivière, quand je me réveillais, mon regard tombait sur les petites maisons, serrées les unes contre les autres, coincées entre la montagne et la route. Les petites maisons acculées au pied du mur devant l'immensité du fleuve et celle du firmament. La vie, piégée à l'intérieur des quatre murs des petites maisons, et l'infiniment vaste du dehors.

Les fenêtres de notre classe donnaient elles aussi sur le fleuve et je regardais toujours dans cette direction-là. Combien de fois la maîtresse m'a-t-elle rappelée à l'ordre (remettre quelqu'un sur le droit chemin, à sa place, exiger qu'il respecte le règlement, qu'il fasse comme les autres, lexique, page 31)? Qu'est-ce qu'il y a de si intéressant dehors, Violette? me lançait-elle, l'imbécile.

Comment pouvait-elle ne pas s'en rendre compte? Tout à l'intérieur était étroit et manquait d'air, jusqu'aux mots qui suffoquaient, le nez collé au mur, si on peut dire ça comme ça. La maîtresse avait beau me changer de place, m'éloigner le plus possible des fenêtres, tenter de me faire entendre raison, me punir, rien n'y faisait : j'étais attirée irrésistiblement par le dehors.

Quand je n'étais pas dans ma chambre ni à l'école, je passais mon temps à jouer sur la grève ou, selon mon père, à traîner sur la grève (J'ai encore vu ta fille traîner sur la grève). C'était bien la seule façon de ne pas étouffer.

J'ai dit à Emilio :

J'aime le mot grève. J'aime les mots qui ont des *v* comme dans grève et des *f* comme dans fleuve ou dans Sainte-Flavie. C'est un village sur l'autre rive. Un jour, j'irai à Sainte-Flavie à cause du nom de l'endroit qui sonne si bien à mes oreilles et qui est d'un bleu-vert-gris changeant comme le fleuve.

Emilio a répondu qu'il serait très heureux de m'y accompagner et il a ajouté :

Écoute le mot fleuve. C'est comme une fleur qui s'ouvre, un enfant qui naît, un soleil qui point, un fleuve qui va. T'entends ?

Il aime faire de la poésie, comme tu vois.

Tu aimes faire de la poésie, Emilio ?

Il a souri, a serré ma main dans les siennes et puis, ne me demande pas pourquoi, il a eu soudainement envie de m'embrasser. Comme il s'était mis à pleuvoir, je lui ai proposé de rester dormir à l'appart. Après tout, Clo n'est pas la seule à pouvoir transgresser la première des règles qu'on avait fixées en emménageant au coin d'Ontario et Davidson : n'inviter personne à coucher.

J'ai eu de la difficulté à fermer l'œil de la nuit, pour parler comme ma mère. La présence d'Emilio à mes côtés bouleversait mes habitudes et les rituels que j'avais élaborés avec soin étaient sacrés. Il y avait déjà eu des garçons dans mon lit durant les mois que j'avais passés chez Clo, au temps du cégep, mais aucun n'y était resté jusqu'au matin. Il fallait que je sois seule pour pouvoir dormir.

Alors je me suis assise et j'ai commencé à réciter ma litanie bleue, tout bas, pour ne pas déranger Emilio. Mais il s'en est rendu compte :

Violette, décris-moi le paysage lunaire qu'on pourrait aller explorer, en rêve, tous les deux.

J'ai réfléchi un peu, puis je lui ai proposé un petit itinéraire autour du golfe des Iris, qui est mon coin de prédilection sur la Lune. On traverserait l'espèce de couronne formée par les monts du Jura et on s'arrêterait sur le cap Laplace.

Il a aimé l'idée et c'est ce qu'on a fait.

Le cratère Chang-Ngo

Le cratère lunaire Chang-Ngo porte le nom de la déesse chinoise qu'on appelle aussi Chang'e. Cette déesse vit séparée de son mari, l'archer Houyi, et du reste de l'humanité, car elle réside sur la Lune, dans un palais de jade nommé Vaste froidure. Elle a, pour seuls compagnons, Wugang, un apprenti immortel, occupé à abattre un cannelier qui repousse continuellement, un lièvre apothicaire et son crapaud.

La fête chinoise de la Lune, qu'on nomme aussi fête des Lanternes ou des Gâteaux de Lune, rend hommage à la déesse et se déroule à la pleine lune la plus près de l'équinoxe d'automne. Cette année, elle aura lieu le 30 septembre.

Je raffole des aventures abracadabrantes qui se déroulaient dans l'espace, avant que les humains ne réussissent à dissiper quelques-uns des plus proches mystères dans lesquels ils baignent. Parce que, selon Clo, on a inventé les mythes, les légendes et les religions pour apaiser notre peur et boucher les trous de notre ignorance. Ces histoires me ramènent à l'enfance de l'humanité, quand on était un peu plus naïfs qu'aujourd'hui, et à la mienne, du temps que je croyais tout ce qu'on me racontait et même plus.

Lucie s'apprêtait à sortir, son paquet sous le bras, une petite veste pêche tricotée avec un fil soyeux qui avait dû lui coûter une fortune et qu'elle s'était procuré loin de chez nous, dans une boutique du Plateau. Prêtes à l'accompagner, on avait déjà enfilé nos chandails, Clo et moi.

Comprenant notre intention, Lucie a fait non-non de la tête, l'air troublé, mais on est descendues derrière elle quand même. Rendue sur le trottoir, elle s'est immobilisée, nous a regardées fixement, l'une après l'autre, et a murmuré:

C'est mes affaires, ça, les filles. Juste mes affaires. Mes affaires à moi. Laissez-moi tranquille. Mêlez-vous-en pas.

Ses sourcils se sont froncés et un pli profond s'est creusé entre les deux. On voyait facilement qu'elle était inquiète. Clo l'a rassurée:

On dira rien, pas un mot, Lucie, promis, promis. Faisnous confiance. On va s'asseoir avec toi sur un banc et c'est tout. Tu vas voir, y aura pas de problème. Tout ira bien.

Lucie est restée figée durant quelques secondes, en se demandant peut-être comment on avait eu vent (avoir entendu parler de quelque chose par une source non officielle, aucun rapport avec le vent, lexique, page 33) de son histoire, mais elle ne l'a pas dit. Elle s'est dirigée, l'air contrarié, vers l'arrêt d'autobus, en se retournant de temps en temps, et on l'a suivie.

On n'aurait pas pu mieux tomber: c'était vraiment une belle journée. Lucie avait mis son imperméable, comme toujours, mais ce n'était pas nécessaire: aucun nuage à l'horizon. Le soleil s'empressait de lécher les dernières flaques de pluie de la nuit précédente. On avait déjà trop chaud avec nos chandails.

Tout sautillait sous nos yeux, si tu vois ce que je veux dire et, chose incompréhensible, l'air sentait bon. J'ignore ce qui m'a fait penser, soudain, à Petite-Rivière. Il restait sûrement de la neige, à l'ombre de la remise, derrière la maison. Elle y perdure souvent jusqu'au début de juin. L'herbe devait être jaune et les bourgeons des grands arbres qui bordent le chemin n'avaient probablement pas commencé à éclore. J'imaginais le vent du large balayant la côte et le fleuve arborant encore sa couleur morne et grise de l'hiver. Le printemps n'est qu'une vue de l'esprit (un concept peu réalisable, lexique, page 5) dans le coin de pays d'où je viens.

Normalement, j'aurais marché au lieu de dépenser inutilement les 3 $ que m'a coûté le billet, mais c'était une occasion spéciale, comme m'a dit Clo en ajoutant :

Tu reviendras à pied, si tu veux.

N'empêche que j'aurais préféré en avoir pour mon argent et rouler jusqu'au bout de la ligne, tant qu'à faire. Cette idée m'a contrariée et j'y ai pensé tout au long du trajet, calculant la quantité de friandises que j'aurais pu acheter chez Oscar avec cette somme. Non, mais, c'est vrai, je n'ai peut-être même pas parcouru la moitié du circuit de l'autobus et j'ai tout de même payé le plein prix. Ce n'est pas normal.

En descendant, on a zieuté les commerces de la rue Beaubien. Il y a quelques restos, des bistros, un cinéma, des boutiques pas mal plus chics que celles de notre quartier et un salon de coiffure. Un beau salon de coiffure. Un salon propre, neuf et brillant qui ressemble assez à celui de mon rêve. Je n'ai pas pu m'arrêter longtemps parce que Lucie nous distançait et que Clo me tirait par la manche :

Envoye, envoye! Tu vois bien que c'est pas le temps! Mais une autre fois, on ira demander leur carte, promis.

J'ai quand même pris deux secondes pour noter le numéro de téléphone inscrit sur la vitrine et j'ai rattrapé les filles. Rendues au parc, Lucie nous a indiqué, en pointant l'index, un banc en retrait, celui où elle s'était assise la fois qu'on l'avait espionnée. Ensuite, elle a traversé la rue, s'est retournée vers nous comme pour s'assurer qu'on respectait bien la consigne, puis s'est immobilisée devant une maison. Elle a fouillé les alentours du regard et s'est empressée de déposer son paquet devant la porte du rez-de-chaussée de l'immeuble, un duplex en briques brunes comme il y en a plusieurs dans le coin. Un beau duplex avec de larges portes en chêne et des motifs gravés dans les vitres. Elle est revenue et a pris place entre nous deux.

On passait inaperçues dans le parc parce qu'il y avait pas mal de monde qui s'y était rendu pour profiter de la belle journée: des vieux, des enfants, des chiens, des promeneurs, des cyclistes et quelques égarés d'autres quartiers, comme nous.

Toujours sans rien dire, on est restées sur notre banc, bien tranquilles, et au bout d'un long moment – vingt-sept minutes exactement, j'ai regardé ma montre –, une femme a stationné sa petite Toyota Yaris blanche dans l'entrée de la maison que surveillait Lucie. Une grande femme à l'épaisse chevelure rousse et bouclée qui lui tombait sur les épaules.

Quand elle a ouvert la portière arrière, on s'est étiré le cou au maximum, toutes les trois, et ce qu'on soupçonnait s'est produit: une fillette de trois ou quatre ans s'est montré le bout du nez. Une petite blonde aux cheveux bouclés qui s'est accroupie pour ramasser quelque chose par terre. Elle a tendu la feuille ou le caillou à sa mère qui s'est penchée vers elle en souriant, puis elles ont monté l'escalier.

La femme a pris le paquet que Lucie avait déposé sur le seuil, a regardé lentement vers le parc, puis a ouvert la porte. On a juste eu le temps d'entendre la voix de la fillette, un rire aigu qui ressemblait à un chant d'oiseau, avant qu'elles disparaissent toutes les deux à l'intérieur.

Après quelques minutes, on a pris Lucie par le bras, toujours sans prononcer le moindre mot, et on a traversé le parc. J'ai laissé mes deux colocs à l'arrêt d'autobus et je suis revenue à pied.

Le premier quartier de la Lune

Le premier quartier de la Lune, c'est la moitié droite de l'astre éclairée par le Soleil, dans l'hémisphère nord. Je te laisse deviner ce qu'est le dernier quartier et ce qui se passe de l'autre côté du monde.

Il paraît qu'une des multiples définitions de la folie, c'est de croire qu'à force de répéter sans cesse le même comportement, on finit par obtenir un résultat différent.

Foutaise.

Ou bien alors, les fous ne sont pas ceux qu'on pense. Regarde-les partir tous les matins à la même heure, les charlatans, pour se rendre au même endroit, par le même chemin, rencontrer les mêmes personnes, et effectuer, d'un jour à l'autre, à peu près les mêmes tâches. Regarde-les retourner chez eux dans le trafic, le soir, en sacrant contre les bouchons, les mêmes que la veille et que ceux du lendemain.

Comment ça s'appelle, ce comportement-là ?

Et Clo, qui est entrée subitement alors qu'Emilio et moi regardions l'espace, sur Google, s'amourache d'emmerdeurs qui ressemblent trait pour trait aux précédents. Surprise, elle obtient les mêmes résultats : larmes, grincements de dents, rage et déprime. Mais ça, c'est une autre histoire.

Elle était en rogne après je ne sais quoi et se dépêchait de bourrer son sac de voyage de quelques vêtements glanés ici et là, sur le plancher. Une auto klaxonnait en bas et Clo a crié, même s'il était impossible que le conducteur puisse l'entendre :

J'arrive, les nerfs !

Je lui ai demandé où elle allait, avec qui et pour combien de temps. Paraît que ce n'était pas de mes affaires, que je n'étais pas sa mère, qu'elle s'en allait dans le Nord et qu'elle ne rentrerait certainement pas avant le lendemain.

Le Nord ? Où ça, le Nord ? C'est grand, le Nord. Le Groenland, l'Alaska, le Nunavut, le Nunavik, Saint-Jovite ?

Clo ne m'a pas répondu. Le savait-elle seulement ? Je suis allée fouiner à la fenêtre : de toute évidence, les deux gars qui s'impatientaient dans une Honda noire, en faisant jouer leur musique à fond et en laissant tourner leur moteur pour rien, avaient de parfaites têtes de charlatans, même si, en réalité, je ne voyais que leurs bras qui prenaient l'air par les fenêtres ouvertes. Je le lui ai dit, mais ça n'a rien changé : elle est partie en claquant la porte.

Je n'aime pas quand Clo découche, mais elle n'en a rien à faire, évidemment. Elle vit sa vie comme elle l'entend, un point c'est tout. J'espère qu'elle ne nous reviendra pas enceinte, un de ces jours. Elle a déjà subi deux avortements.

Peu de temps après, Emilio a dû partir à son travail et j'ai regardé la télé avec Lucie, en mangeant de la bouffe en sachet. Puis, comme il n'y avait aucune émission intéressante, je lui ai proposé de lui parler de la Lune pendant qu'elle tricotait. Elle a acquiescé.

Je lui ai expliqué que, pour la plupart des gens, la Lune n'est qu'un accessoire accroché à leur plafond. Ni plus ni moins qu'une veilleuse, un luminaire, un simple élément du décor. Leur plancher est droit et plat. Ils peuvent donc aller de l'avant. Et ils ne s'en privent pas, les charlatans. Mais moi, je n'oublie jamais que la Lune est ronde, que son diamètre mesure 3 476 km et qu'elle est située à 380 000 km de nous. Cette distance, si on la calcule à la vitesse de la lumière, représente un peu plus d'une seconde puisque la vitesse de la lumière est de 300 000 km/h.

Je n'oublie jamais que la Lune tourne et que la Terre, ronde elle aussi, parmi une multitude d'autres planètes, en fait autant, dans un ballet réglé au quart de tour et, surtout, que je n'y comprends rien. Tout le monde sait ça, mais tout le monde classe cette information dans un tiroir qu'il n'ouvre plus jamais et dont il ne tient plus compte, tout absorbé que tout le monde est par les choses de la vie : le travail, les courses, les pubs de la télé. La vie des charlatans. La vie organisée comme un voyage organisé. Moi, je ne peux pas.

Je me suis mise à faire les cent pas tout en parlant. Lucie hochait la tête, de temps en temps, comme pour m'encourager.

Eh ben… T'en sais des choses, Violette, mais baisse le ton, s'il te plaît, je suis pas encore sourde. Assis-toi donc un peu. Tu m'étourdis à la longue.

Tout ça est bien trop vaste pour moi. Tout ça me dépasse et me donne le vertige. Un incommensurable vertige. Essaie d'expliquer ça à un thérapeute, il t'invitera plutôt, pensant que tu fais diversion pour éviter de parler des vraies affaires, à t'allonger et à raconter ta petite enfance. Pas vrai ?

C'est vrai, Violette.

Alors j'ai raconté à Lucie la fois où, à l'hôpital, j'avais décidé de lancer un os à une psy qui avait l'air de sombrer dans la léthargie depuis le début de la séance parce que je l'assommais avec mes histoires de Lune et d'étoiles : « J'ai été violée quand j'étais petite. » Elle s'était redressée et avait rajusté ses lunettes. Elle était en appétit. Elle a repris mes paroles lentement, en hochant la tête : « T'as été violée… » « Oui, madame. Vrai comme vous êtes devant moi. » Je m'étais tue pour la faire patienter, puis j'avais ajouté : « Ma naïveté a été violée quand j'ai découvert subitement, en regardant un film sur l'espace, que je n'étais pas le nombril du monde. » Quelle déception pour elle !

Lucie a fait signe que oui, puis elle a dit :

Mais t'as pas été violée au moins ?

Non, non, Lucie.

Bon, tant mieux.

Elle s'est dirigée vers la salle de bain. J'ai vérifié que la porte était bien verrouillée, j'ai jeté un coup d'œil dans la chambre vide de Clo, puis je me suis installée sur mon lit et, en attendant le concert de ma coloc, j'ai ouvert le livre :

Il y a des milliards de nombres. Il y en a beaucoup trop pour que nous puissions tous les connaître, tous les garder dans nos têtes, tous les porter dans nos cœurs, tous les aimer comme on aime son arbre, sa maison, son frère… Si tu dis : J'aime les nombres, tu n'aimes pas grand-chose. Si tu dis : J'aime les êtres humains, tu ne sens pas que tu aimes. Mais si tu dis : J'aime Christian, tu vois quelqu'un dans ta tête, tu sens le poids de quelqu'un dans ton cœur, tu te souviens des choses que vous avez faites ensemble.

Ensuite, j'ai repassé mes couleurs en revue plusieurs fois, à haute voix, enroulée dans mes couvertures parce que je n'arrivais pas à m'endormir et que j'avais peur de perdre les pédales.

Le cratère Tsiolkovski

Le cratère Tsiolkovski, au cas où tu ne le saurais pas, est situé sur la face cachée de la Lune. Comblé de lave basaltique, il possède des bouches, des dômes volcaniques, des failles et des tubes de lave. Il porte le nom d'un scientifique russe d'origine polonaise qui est considéré comme le père de l'astronautique moderne.

Clo n'est revenue du Nord que trois jours plus tard. Durant tout ce temps, j'ai tourné en rond (tourner vraiment en rond ou s'ennuyer, perdre son temps parce qu'on est préoccupé, lexique, page 17), incapable de m'adonner à mes activités habituelles, en me demandant si je devais prévenir la police ou sa sœur. D'ailleurs, elle a téléphoné, sa sœur. J'ai reconnu son numéro sur l'afficheur, mais je n'ai pas répondu parce que je ne savais pas quoi lui dire.

J'ai bien vu que Lucie commençait à s'inquiéter aussi, car elle allait regarder à la fenêtre à tout bout de champ, si on peut dire ça. Pour tromper notre attente, on a décidé de faire le grand ménage de la chambre de Clo. Oh, là, là, le bordel ! On y a passé toute la journée ramassant, rangeant, frottant, lavant, jetant. Sans exagérer, on a rempli deux sacs verts de cochonneries. Ça te donne une petite idée de l'état des lieux, Bérénice ?

Tu ne trouves pas ça bizarre, toi? Jamais, depuis qu'on a emménagé ensemble, la mère de Clo n'a téléphoné chez nous. Eh bien, pendant l'escapade de sa fille, elle a appelé deux fois. J'en ai parlé à Lucie qui m'a dit:

C'est parce qu'il se passe quelque chose de grave et qu'elle le sent. C'est une mère, tu comprends-tu?

Quand j'ai entendu les pas de Clo dans l'escalier, j'ai couru lui ouvrir, excitée comme une folle. Elle est entrée furtivement en regardant par terre, les cheveux en broussaille, la chemise sale et déchirée sur l'épaule droite et surtout, c'est ce que j'ai remarqué en premier, une grosse marque rouge sur sa tempe gauche.

T'as eu un accident, Clo? T'as eu un accident, c'est sûr!

J'ai voulu savoir ce qui lui était arrivé parce que tout ça n'était vraiment pas normal, mais elle a dit:

Laisse-moi tranquille! Crisse! Tu vois pas que je file pas pour parler?

On est restées figées à se regarder, Lucie et moi.

Clo a laissé tomber son sac au beau milieu du corridor, est passée prendre du linge propre dans sa chambre, sans même remarquer l'ordre qui y régnait et qui n'avait pourtant rien d'habituel, et s'est enfermée dans la salle de bain où elle a fait couler l'eau longtemps. Elle n'en est sortie qu'après que je me fus couchée et que Lucie eut commencé son concert.

Le lendemain, à midi, Clo ne s'était toujours pas montrée. On l'attendait dans la cuisine sans faire de bruit, Lucie et moi. J'ai entrouvert sa porte juste pour m'assurer qu'elle n'était pas repartie: elle semblait dormir. Il y avait une montagne de kleenex par terre, à côté du lit. À l'heure du souper, Lucie lui a préparé un sandwich, mais comme Clo ne se levait toujours pas, elle est allée le lui porter.

J'ai regardé par l'entrebâillement de la porte : Clo, tournée vers le mur, était recroquevillée sur elle-même et Lucie, assise sur le bord du lit, lui a flatté le dos sans dire un mot durant une bonne demi-heure. Ensuite, Clo s'est levée et elle est allée prendre une douche en passant à côté de moi sans me regarder. Pendant ce temps-là, j'ai aidé Lucie à refaire le lit, à ramasser les kleenex et à ranger les vêtements.

Clo n'a pas mis le nez dehors depuis son retour. Elle traîne dans la maison, silencieuse. Sa tempe est encore rouge et j'ignore toujours ce qui lui est arrivé. J'ai pointé du doigt deux gros bleus sur son mollet droit. Elle s'est contentée de les camoufler sous sa robe de chambre.

Elle ne fait rien de ses grandes journées. On dirait que son enthousiasme et ses beaux projets se sont brisés en mille miettes comme le pot au lait de Perrette. Mais aujourd'hui, elle a recommencé à faire jouer sa musique à fond la caisse. Je n'ai rien dit, car j'y ai vu un bon signe. Je ne lui pose aucune question, d'ailleurs, de peur qu'elle s'enferme à nouveau dans sa chambre. Quand elle a téléphoné à sa sœur, ce matin, j'ai prêté l'oreille discrètement, si on peut dire ça comme ça, mais elle a fait mine de rien et ne lui a pas touché un seul mot de sa mésaventure.

J'ai continué à marcher comme d'habitude, mais je n'ai parcouru que des petits bouts de rues de rien du tout afin de demeurer auprès de Clo.

On reste avachies ensemble devant la télé à nous absenter du monde, façon de parler, en changeant de poste aux deux minutes. Mais ne pense pas pouvoir pitonner entre six et sept heures du soir. Cette plage horaire appartient à Lucie. Tu peux t'asseoir à ses côtés, mais pas question d'ouvrir la bouche : si tu as le malheur de le faire, elle te lance un CHUT autoritaire. Elle regarde *Les belles histoires des pays d'en haut*, et c'est sacré.

Au début, ça nous emmerdait au plus haut point – le plus haut point de quoi ? on se le demande – et on se moquait d'elle, Clo et moi. Cette vieille émission passe et repasse en boucle depuis l'invention de la télé. Avant d'être un téléroman, elle a même eu son heure de gloire à la radio. La plupart de ses comédiens sont morts, maintenant. Lucie ne se donnait même pas la peine de nous répondre, et comme on tournait souvent en rond à cette heure-là de la journée, on a fini par occuper le sofa avec elle. Et en silence, par-dessus le marché. (Pourquoi *par-dessus le marché* ? Et de quel marché s'agit-il ? Aucune idée.)

Ce n'est sûrement pas l'intrigue qui captive Lucie. Il ne se passe presque rien durant une heure. Les personnages vivotent sur un fond de pauvreté, de résignation, de fatalité, d'obéissance et de sacrifice. Le vilain argent et la vilaine boisson s'opposent à la prière et au travail salvateur. Comme dit Clo, c'est notre Lucien qui serait content.

Mes grands-parents, mes parents et leurs enfants, à l'instar de tout le village, regardaient cette série, à Petite-Rivière, dans le temps, et la regardent encore, sûrement, aujourd'hui.

J'observe Lucie qui contemple son Alexis et sa Donalda, qui fronce les sourcils devant son Séraphin, qui se redresse quand son curé Labelle entre en scène, qui sourit des erreurs de langage de son Todore et de sa belle grosse Georgianna, qui replace une mèche de cheveux quand Arthur Buies pousse la porte du presbytère et qui hoche la tête quand le père Laloge répète qu'il est né pour un petit pain.

Clo prétend qu'elle greffe quelque chose d'elle-même sur ses chers personnages et qu'elle essaie de s'exiler de sa propre vie pour aller s'établir pour de bon dans les pays d'en haut. C'est pourquoi elle regarde la même émission en reprise le lendemain, à sept heures, puis à midi.

À bien y penser, ce n'est pas fou. Lucie s'imagine séjourner à l'auberge de Ti-Père, placoter avec La Fouine et prendre un verre en compagnie de Bidou, s'approvisionner au magasin général, donner un coup de main à madame Fourchu, mère de treize enfants vivants, aller prendre le thé au château de la riche héritière, épouser un colon, être la servante du curé, devenir la meilleure amie de Donalda.

Tu vas trouver ça complètement débile, Bérénice, mais avec le temps, Clo et moi sommes devenues presque aussi accros que Lucie. On farcit maintenant nos phrases de *bouleau noir* et de *viande à chien*. Pourquoi s'est-on laissé prendre au jeu? Probablement parce que c'est reposant pour des agitées du bonnet, c'est comme ça que Clo nous appelle, de marcher dans un chemin parfaitement balisé au lieu d'être emportées par le courant d'un monde auquel on ne comprend rien.

Et c'est un peu comme moi avec le livre. Je l'ouvre au hasard :

Ne te perds pas. Garde ton âme bien serrée dans tes bras.

Ce soir, pour écouter le concert de Lucie, on est allées s'asseoir toutes les deux au pied de son lit, sur la carpette bleue. Notre coloc a dit :

Mais qu'est-ce que vous faites-là, les filles ? Allez-vous-en dans vos chambres, voyons donc !

On est restées quand même et elle a commencé à chanter comme d'habitude. L'épaule de Clo touchait la mienne et même si ça me déplaisait, je n'ai pas bougé. Je sentais que Clo s'efforçait de maîtriser les sanglots qui la secouaient, alors j'ai passé ma main sur ses cheveux, deux, trois fois.

Le cratère Aristarque

Le cratère Aristarque, aussi nommé phare de la Lune, en est le point le plus brillant. Il porte le nom d'un astronome grec et est situé dans l'océan des Tempêtes avec son voisin, le cratère Hérodote.

Pendant que mes colocs se préparaient à partir pour le vestiaire des pauvres, je ramassais les traîneries de Clo pour dégager le centre du salon, afin de dérouler mon papier à dessin sur le plancher. Chagall, que l'activité intéressait au plus haut point, venait s'affaler à tout moment sur la grande feuille. Il s'amusait à pousser mes crayons de la patte et à les faire rouler jusque sous les meubles, avant de s'élancer à leur poursuite.

J'ai demandé à Lucie de garder son cher Ti-chat avec elle. Elle a maugréé entre ses dents qu'il avait bien le droit de vivre, lui aussi, et que le salon n'était pas ma propriété privée. Et elle, d'habitude impassible, a manifesté des signes d'excitation en franchissant le seuil de l'appart avec Clo pour leur sortie hebdomadaire. Évidemment, Clo a insisté pour que je les accompagne :

Viens donc, viens donc, viens donc, envoye donc !

Elle m'a tourné autour, passant sans transition de la flatterie à l'invective, me reprochant de ne rien faire pour m'en sortir. Me sortir de quoi ? J'allais finir pas déteindre

sur Lucie et elle, si ça continuait. C'est ça que je voulais? Elle est descendue bas, Clo, assez bas pour utiliser
les mots des charlatans. Les mots stupides de ceux qui ne
comprennent rien à rien:

Force-toi un peu, arrête de foirer, pousse-toi dans le
dos, grouille-toi le cul, quand on veut, on peut, lève-toi
et marche, le monde appartient à ceux qui se lèvent tôt.

Je me suis contentée de lui lancer:

Ta yeule, Clo!

Je n'aime pas quand elle me crie dessus, mais je ne lui
en veux pas. Clo devient nerveuse quand je m'enferme
dans ma chambre avec le livre, que je ne me montre pas le
bout du nez de la journée ou que je refuse de sortir, comme
aujourd'hui. Elle s'agite, elle brasse l'air à la manière d'un
derviche, et tous les prétextes sont bons pour forcer ma
porte. Elle invente des histoires: Lucie a besoin de mon avis,
il faut absolument, absolument que j'aille voir ceci ou cela, je
connais la personne qui passe dans la rue. N'importe quoi.

Clo ne peut plus endurer mon attitude. Elle a peur.
Son château de cartes vacille, comme on dit. Elle m'offri-
rait la Lune, si elle le pouvait, pour que je me lève, pour
que je fasse les gestes qui maintiennent en vie, selon elle,
et pour que j'aie l'air d'y croire.

La plupart du temps, j'arrive à jouer le jeu, mais pas
aujourd'hui.

Dans l'espoir de m'en débarrasser, je voulais illustrer
un rêve que je fais souvent lorsque je ne réussis pas à alu-
nir et qui m'obsède ensuite durant toute la journée. Peut-
être qu'en le dessinant j'arriverais à mes fins si, comme le
prétendait la psy, l'art était thérapeutique.

Mon rêve: c'est la nuit, une nuit sans Lune ni étoiles.
Une nuit de brume. Je rame et je n'aperçois ni lumière ni

phare. Je rame, mais je n'ai aucune idée de l'endroit où se trouve la rive la plus proche. Je rame sans destination. Je ne vois rien. J'ignore d'où je viens. Je sais que je suis sur le fleuve à cause de l'odeur qui m'est familière et du roulis des vagues. Je rame dans la brume. Le rêve se continue, identique à lui-même, sans début ni dénouement, comme s'il devait durer toujours.

Mon dessin progressait bien et, pour le réussir, je devais accepter de plonger dans son ambiance mystérieuse et inquiétante, mais je n'ai pas pu poursuivre mon travail, car mes colocs sont revenues, bras dessus, bras dessous.

Puisqu'elles y sont allées ensemble, elles avaient donc accès aux mêmes restes, alors comment se fait-il que Clo, comme à chacune de ses visites à cet endroit, ait réussi à dénicher quelques perles : deux blouses, un veston et un pantalon signés de la main de grands couturiers et qui ont l'air de sortir tout droit d'une boutique de l'ouest de la ville, alors que Lucie n'a trouvé à rapporter qu'une robe comme on en vendrait chez Dollarama, si on y vendait des robes ? Une robe de servante, semblable à celles qu'elle possède déjà. Une robe qu'on enfile pour passer inaperçu, sauf qu'elle est tellement démodée qu'elle finit par retenir l'attention.

Clo a pensé à moi en dévalisant la friperie. Avait-elle quelque chose à se faire pardonner ? Elle m'a offert une veste de la couleur que je préfère : un mélange de vert, de bleu et de gris. La couleur qui se rapproche le plus de celle du fleuve, par temps venteux, quand les nuages pressés parcourent le bleu du ciel en courant. Elle sait que je ne veux rien savoir des vêtements usagés, mais que je ne pourrais pas résister à la teinte particulière de celui-là.

Et elle ne s'est pas trompée. Je vais le laver bien comme il faut. Deux fois plutôt qu'une.

Je ne porte rien d'autre que des vêtements de voyage, de ceux qu'on enfile pour partir loin, à pied. Clo me le reproche souvent :

Vas-tu finir par l'enlever, ton maudit uniforme de nomade ?

Elle me propose d'essayer son linge, on fait à peu près la même taille, à part un détail qu'elle clame à qui veut l'entendre et même aux autres : madame chausse du 34C et elle en est très fière, ce qui n'est pas mon cas.

Je ne suis pas laide et je pourrais avoir bien meilleure allure si je faisais un petit effort, selon elle, mais ça, franchement, ce n'est pas de ses affaires. Et moi, j'en aurais long à dire sur le genre de tenues qu'elle choisit toujours, si je courais après le trouble.

Dans les vêtements comme pour le reste, on cherche ce qui nous ressemble ou ce qu'on pense mériter. On occupe la place exacte à laquelle on croit avoir droit sur cette planète. Un point c'est tout. Ou on tente désespérément l'occuper, sans y parvenir. Ce qui est une place comme une autre, de toute façon, la place de la personne qui n'a pas de place ou qui n'a pas celle qu'elle pense mériter.

Clo prétend que le monde ressemble à ma boîte de Prismacolor. Il est immense, on le sait, et les opportunités, multiples, on le sait ça aussi, mais le regard, ignorant tout ce qui s'offre à lui, se faufile à travers le champ des possibles pour ne cibler que ce qui correspond à la bonne vieille idée qu'on s'est faite de soi. Elle disait ça pour moi, évidemment. Et Lucie, qui semblait suivre la conversation, a hoché la tête en signe d'approbation.

J'ai appris très tôt qu'il valait mieux ne pas trop attirer l'attention sur soi, dans la vie. Dossier clos. Mais elle a peut-être raison : la boîte de Prismacolor contient une vaste gamme de couleurs. Je me contente de regarder les crayons, de les toucher, de les classer, mais je ne les utilise pas. Enfin, pas tous et pas en même temps. Il a bien fallu que je délaisse le noir qui était devenu tout petit et j'ai commencé à me servir des gris, des bleus et des verts, des bruns, des violets.

À chacun ses affaires, si on peut dire ça comme ça.

Le lac du Printemps

Le lac du Printemps, comme tu le supposes certainement, n'est pas une symphonie de Vivaldi ni un ballet de
Stravinski, c'est l'une des plaines basaltiques de la Lune.
Il possède un diamètre de 396 km et a vaguement la
forme d'un croissant. Il contient onze rainures sinueuses
formées de tunnels de lave et de canaux. J'aime presque
autant le mot lac que le mot fleuve. Écoute-le, il claque en
riant, sauf celui de Lamartine, qui ne rigolait pas du tout.

Quand j'étais plus jeune, je tombais régulièrement
amoureuse de mots que je trouvais bizarres ou drôles
et je cherchais à les employer le plus souvent possible.
Un de mes préférés a longtemps été *superfétatoire* parce
qu'il l'est lui-même, superfétatoire, et qu'il s'applique à
un nombre incalculable de relations, de situations, de
conversations et de choses. J'ai énervé tout le monde avec
ce mot-là que j'ai traîné tout au long de mon secondaire.

Un jour, va savoir pourquoi, la psy de la commission
scolaire m'a demandé, au cours d'une de nos rencontres,
ce que je pensais d'elle, et c'est ce que je lui ai répondu,
du tac au tac :

Je vous trouve superfétatoire.

Quand on veut mon avis, je le donne. Un point c'est
tout. Elle a éclaté d'un grand rire dont l'écho résonne

peut-être encore dans les montagnes de Charlevoix. C'est une blague, évidemment.

Lucie est réglée comme du papier à musique. Sais-tu ce que ça veut dire? Bien sûr que tu le sais. À la page 33 de mon lexique, j'ai dessiné cette expression, du temps que je fréquentais encore la poly. J'ai copié une partition musicale avec ses portées, ses différentes notes perchées dessus, ses clés, ses soupirs, ses mesures, ses espaces. J'adore regarder des partitions. Ça me fait penser au langage intérieur qui crie dans la tête de tout un chacun, en tout cas, je le suppose, et que les autres ne peuvent pas percevoir. Il n'y a rien de plus silencieux qu'une partition musicale et je ne sais pas lire la musique, mais pourtant, si je porte vraiment attention aux signes, à partir d'un moment, je commence à entendre jouer un orchestre. Ce n'est pas tous les jours, et c'est un jeu dangereux.

Tout ça pour dire que Lucie est réglée comme du papier à musique. Chaque matin à la même heure, elle se lève, fait sa toilette, brosse ses cheveux en arrière et met sa passe. Elle regarde la reprise des *Belles histoires des pays d'en haut* en buvant son café instantané et en mangeant sa tartine au beurre d'arachide ou au Cheese Whiz, puis elle range sa chambre, lave ses vêtements et entreprend de nettoyer la cuisine.

Elle ne rouspète pas en ramassant les traîneries de Clo. Elle ne rouspète pas non plus en entendant pour la centième fois le disque qu'elle fait jouer à tue-tête dans sa chambre. Il n'y a que moi que ça dérange:

Ah! Ferme ta porte, Clo!

Lucie balaie et ça peut durer une heure si on n'intervient pas, repassant dix fois aux mêmes endroits. Ensuite, quand c'est son jour de sortie, elle se fait un sandwich qu'elle emballe soigneusement et se prépare à partir pour le parc Molson.

Clo trouve que le manège a assez duré. Il faut que l'affaire aboutisse. Ce n'est pas à force de jouer toujours le même scénario que l'histoire va enfin trouver sa conclusion. Non, mais, regardez qui dit ça! Elle propose qu'on aille sonner à la porte de la grande femme rousse, un de ces soirs. Qu'on lui parle de Lucie. De Lucie qui se meurt d'envie de connaître sa petite-fille. Toujours selon Clo parce qu'en réalité rien ne prouve que notre coloc espère un dénouement quelconque.

Je me suis mise à tousser. Je ne me vois vraiment pas faire une chose pareille. Et puis, qu'est-ce qu'il y a à dire? Qu'est-ce qu'on connaît de Lucie? Clo ne s'enfarge pas dans les fleurs du tapis. Façon de parler, évidemment:

D'accord, on sait pas grand-chose, mais on va aller aux sources de ce pas.

Grande inspection de la chambre de notre coloc pour essayer de recueillir des indices qui nous permettront de reconstituer son histoire.

On va en avoir, des choses à dire, tu vas voir.

Bon, je la suis. Je suis très bonne pour suivre. J'ouvre le petit tiroir et je le dépose par terre entre Clo et moi. On retire les objets un à un avec précaution:

Un bracelet d'hôpital et une empreinte de pied au nom de Jérôme Valiquette, né le 3 septembre 1968.

Une mèche de cheveux blonds bouclés enveloppée dans un bout de papier de soie bleu.

Des images pieuses à la bordure dorée.

Un petit album de photos de Jérôme, enfant. Sur l'une d'elles, le bambin assis sur les genoux d'une jeune Lucie méconnaissable, le sourire fendu jusqu'aux oreilles,

les cheveux remontés en chignon crêpé. Elle porte une robe mauve, à la mode du temps, je suppose. Un collier de perles orne son cou. Elle est belle. Elle est élégante. Elle resplendit. Plus loin, un homme, le père sûrement, tient le petit dans ses bras.

Les autres photos datent toutes de la même époque, les premières années de l'enfant : Noël, l'été à la plage, un pique-nique au parc La Fontaine, une visite au zoo de Granby, la famille assise sur le balcon. On peut lire le nom de la rue : Des Écores.

En examinant attentivement les photos d'anniversaires, on a l'impression d'entendre les gens rire. Une quinzaine de personnes sur chacune d'elles, de beaux vêtements, une table bien garnie, un gâteau avec deux, trois, quatre et puis cinq bougies. Une vie de famille ordinaire qui ne laisse pas présager l'approche de la tornade. Suivent trois petits clichés scolaires et le bulletin de première année.

Le reste de l'album est vide.

Deux photos de Lucie dans une enveloppe : la première a été prise le jour de sa graduation de douzième année, réussie avec grande distinction, tel qu'indiqué sur le relevé de notes qui l'accompagne. Elle a environ dix-sept ans, le regard pétillant, les cheveux coiffés en un *page boy* impeccable, une ligne de crayon noir sur les paupières, du rouge à lèvres, le menton relevé.

Sur l'autre, on reconnaît notre coloc au centre d'un groupe d'une vingtaine de personnes en costume marine, debout, formant deux rangées semi-circulaires, une chorale. Et Lucie y a l'air parfaitement à sa place. Une Lucie dont il ne reste plus de traces visibles. Une Lucie promise à un brillant avenir, comme on dit quand on parle à travers son chapeau. Une Lucie qui n'avait aucune idée du parcours terriblement cabossé qui l'attendait à quelques pas de là. Façon de parler.

Clo m'a dit :

Difficile de croire que c'est la personne qu'on connaît. La même Lucie. Des fois, on voudrait pouvoir arrêter le cours des choses et apporter un tout petit correctif. Presque rien. Une pichenotte et sa vie aurait été tout autre. Moi, je ne sais pas. Peut-être que le malheur à venir était déjà tapi au fond d'elle-même et n'attendait que l'occasion de se déployer, si on peut dire ça.

Un écrin : la bague de fiançailles et le jonc de mariage. Des prénoms et une date gravés à l'intérieur : Lucie et Paul, 1964.

Une bottine de bébé.

Quelques dessins d'enfant.

Une carte pour la fête des Mères : Maman, je t'aime, tu es la plus belle du monde. Et une série de X disposés en forme de cœur.

Une petite auto en bois.

Dans une boîte bleue, couché dans l'ouate, un collier de perles à deux rangs, le même que celui de la photo de famille.

Au fond du tiroir, glissé entre les pages d'un petit carnet noir à spirale, un entrefilet découpé dans le journal annonce le décès de Paul Valiquette, le 3 juin 1974.

Le carnet contient vingt-trois adresses situées aux quatre coins de la ville, avec, dans la marge, une date à côté de chacune d'elles. La première remonte à 1978 et la dernière, toute récente, est située sur Elsdale, en bordure du parc Molson.

On se regarde, interloquées, Clo et moi.

Le dieu lunaire de la Mésopotamie

Le dieu lunaire de la Mésopotamie, que l'on appelle Nanna ou Sîn, selon la région, adopte les traits d'un vieil homme arborant une longue barbe. On le voit également chevauchant un taureau ailé ou naviguant sur une barque céleste. Il est représenté par un croissant orienté vers le haut évoquant à la fois la Lune, les cornes de taureau et son embarcation.

Clo a trouvé le nom et le numéro de téléphone de la femme rousse, sur Internet, à partir de son adresse. Elle a décidé qu'il était temps d'intervenir dans la vie de Lucie. Que c'était pour son bien et que le maudit niaisage avait assez duré à son goût. Je me suis mise à tousser comme une bonne.

Elle aimerait ça, elle, qu'on se mêle de ses affaires? C'est pour son bien, son bien, son bien! On connaît ça, le monde qui s'occupe du bien des autres. Ça ne lui rappelle pas des souvenirs, le monde qui s'occupe du bien des autres? Qu'elle y pense donc deux minutes. C'est pour ça qu'on a décidé de louer un appart ensemble et que Lucie a accepté de nous accompagner: pour échapper au monde qui veut notre bien!

Elle me dit, toute mielleuse:

Écoute, Violette, si on s'en mêle pas, dans dix ans, à supposer qu'elle soit toujours vivante, Lucie en sera encore au même point. Pas vrai? Peux-tu prétendre le contraire?

Peut-être, peut-être, mais sait-on seulement si elle veut changer de point, Lucie? Et puis tout ça m'énerve, m'énerve. J'ai insisté : avant d'intervenir, on va commencer par lui parler, essayer d'en apprendre plus sur ses intentions. C'est la moindre des choses, non? Elle m'a répondu :

Voyons donc, Violette, qu'est-ce que tu vas chercher là? Lucie en a pas de ces affaires-là, des intentions!

Voyons donc elle-même, elle n'appelle pas ça des intentions, elle, une femme qui a de la misère à marcher à cause de ses varices, mais qui se rend plusieurs fois par semaine, beau temps, mauvais temps, au parc Molson?

On a préparé le souper, un macaroni Kraft, et on a acheté deux bouteilles de vin au dépanneur. Quand Lucie boit, elle devient plus expansive. On a rempli son verre et Clo a commencé à lui poser ses petites questions.

Lucie était bonne à l'école. Elle avait appris le piano chez les sœurs et chantait dans une chorale. Elle a secoué ses doigts tordus par l'arthrite, les a placés sur le bord de la table comme si c'était un clavier et les a soulevés l'un après l'autre pour faire des gammes en chantonnant les notes, puis elle a dit :

Je suis pas sûre que je serais encore capable de jouer pour vrai. Ça fait tellement longtemps…

La chorale de la paroisse était mixte. C'est là qu'elle a rencontré son amoureux et futur mari, Paul, un grand blond qui travaillait chez Hydro-Québec. Il avait une très belle voix de baryton. Le maître de chant lui confiait des solos. Elle a travaillé comme secrétaire, dans le centre-ville, avant de se marier. Sténo-dactylo bilingue. Son mari gagnait un bon salaire et préférait que sa femme reste à la maison. Une petite maison rue Des Écores, près de Villeray.

On s'est regardées : tout marchait comme sur des roulettes.

Encore un peu de vin, Lucie ?

Une belle petite maison qu'elle avait décorée elle-même, cousant les rideaux et posant le papier peint. On aurait dû voir ça, on n'en reviendrait pas. Et puis leur fils Jérôme est né. Ils ont été heureux, tous les trois :

Heureux, heureux. Je vous le jure, les filles. Je vous le jure.

On te croit, Lucie.

De belles années. Ils formaient une vraie famille et ils faisaient tout ce que les vraies familles font. On pouvait la croire. Elle nous montrerait des photos, on allait bien voir.

On te croit, Lucie. Bois un peu, Lucie.

Et puis Paul rentrait de plus en plus tard en prétendant que c'était pour le travail. Lucie l'a cru, un bon bout de temps : la confiance, c'est le ciment du couple. Ensuite, elle s'est mise à s'inquiéter : il était distrait, ne la voyait plus, ne remarquait pas sa coiffure, sa nouvelle robe, les repas de fête, les dates de fête.

Je me disais qu'il travaillait trop, qu'il était fatigué ou peut-être même malade. J'étais naïve. Stupide.

Mais non, Lucie, mais non. Tu pouvais pas savoir.

Et dès les premiers gestes de leurs rares rapproche-ments, elle entendait le léger crépitement de la bobine du film qui commençait aussitôt à tourner, dans sa tête à lui. Un film dont elle n'était même pas une figurante. Alors, elle se sentait seule et moche. J'ai voulu comprendre :

Qu'est-ce que tu veux dire, Lucie, avec ta bobine de film?

Laisse faire, Violette, je t'expliquerai plus tard, m'a dit Clo, avant d'ajouter:

Avale plutôt une petite gorgée, Lucie.

Un jour, il a eu un gros accident d'auto et il en est mort au bout de deux semaines. Une femme venait le voir à l'hôpital. Elle était dans l'auto avec lui, mais elle n'avait subi que de légères contusions. Lucie le savait, l'assureur avait eu la délicatesse de l'en informer.

Tiens, Lucie, j'ai rempli ton verre.

La femme a fait une fausse couche. Elle était enceinte de trois mois. Paul lui avait promis de divorcer et lui avait juré que c'était bel et bien fini avec sa femme. De toute façon, est-ce qu'il l'avait vraiment aimée? Elle a tout raconté à Lucie en pleurant.

Bois encore, Lucie.

Paul n'avait pas d'assurance vie, il était bien trop jeune pour penser à ces choses-là. Il s'était beaucoup endetté depuis quelque temps. Lucie l'ignorait, mais elle s'en est aperçu quand les comptes ont commencé à s'empiler. Et elle les regardait s'empiler. Elle laissait les choses aller où elles voulaient aller. Elle ne s'en mêlait plus.

Donne-moi encore un peu de vin, Clo.

Elle est tombée de haut, et puis elle est tombée malade. Est-ce que tout ça était sa faute à elle? Comment comprendre ce qui s'était passé?

Et Jérôme?

Allez, videz le fond de cette bouteille dans mon verre, les filles.

Et Jérôme? Placé à gauche et à droite chez de purs inconnus.

Je vais me coucher, les filles. Pas de chansons, ce soir.

J'ai ouvert le livre pour me changer les idées :
J'y vais d'une enjambée ample et ferme, comme tous ces imbéciles qui s'imaginent que ça ne tourne pas en rond, qui se bercent de l'illusion que plus on marche plus on va quelque part.

La Lune rousse

Quand la Lune rousse est passée, on ne craint plus les gelées.
La Lune rousse, c'est la première lunaison après Pâques.
Durant cette période, lorsque le ciel est dégagé, il arrive
que le mercure descende sous zéro et fasse roussir les
jeunes pousses des plantes. Ce dicton ne provient certainement pas de Petite-Rivière où il gèle souvent jusqu'en
juin.

La femme du parc Molson a accepté de nous rencontrer. Clo a communiqué avec elle et moi j'écoutais,
l'oreille collée au récepteur:

Madame, on pourrait vous apprendre des choses au
sujet des mystérieux paquets déposés devant votre porte.

Qui êtes-vous? a demandé l'interlocutrice interloquée.

Clo, toujours en parfait contrôle de la situation, lui
a répondu:

Les colocs de la personne qui vous apporte les tricots.

La femme, après quelques secondes de silence, a
conclu:

Venez à huit heures, ma fille sera couchée.

J'ai beaucoup résisté avant de me résoudre à accompagner Clo. Qu'elle y aille donc toute seule si elle veut
absolument se mêler de la vie des autres. Elle a sorti tous

les grands mots qu'elle connaît et j'ai fini par suivre en lui jurant de me taire.

La grande femme rousse s'appelle Jeanne, elle est infirmière et travaille à l'hôpital Notre-Dame. En nous ouvrant la porte, elle a dit :

C'est vous, les colocs ?

Puis elle a pris le temps de nous examiner attentivement dans le blanc des yeux, l'une après l'autre, avant de nous inviter à entrer. Elle nous a fait asseoir au salon et comme je ne pouvais pas m'arrêter de tousser, elle m'a apporté un verre d'eau.

On ne savait pas par où commencer, et c'était à nous de le faire, évidemment. On restait là, à sourire, comme deux imbéciles, à regarder autour de nous et à la complimenter sur la décoration. C'est ce qu'elle a dû penser, c'est sûr : deux imbéciles. Aujourd'hui, on laisse les fous se promener à l'air libre. Ils ne se gênent pas pour venir scèner jusque dans notre salon. C'est ça qu'elle devait se dire en elle-même, mais elle n'a rien laissé voir. Elle nous a donné un petit coup de pouce (aider, faciliter les choses, lexique, page 5) :

Vous avez quelque chose à m'apprendre ?

Clo allait ouvrir la bouche quand on a entendu des pas de souris. Une petite binette s'est montrée dans l'embrasure de la porte vitrée. C'était sa fille qui venait fouiner. Elle ressemblait assez à la photo de Jérôme au même âge. Sa mère a fait les présentations, puis elle est allée recoucher Alice, qui a protesté pour la forme.

Pendant ce temps-là, on en a profité pour examiner la pièce. Une grande bibliothèque occupait un mur entier. J'aime les maisons où il y a une grande bibliothèque. Au premier coup d'œil, j'ai repéré *L'avalée des avalés* parmi plusieurs bouquins du même auteur. J'ai laissé glisser mon doigt sur le dos du livre et j'ai mieux respiré parce que juste avant, je disais à Clo :

Viens-t'en, on fout le camp d'ici avant que la femme revienne.

Tout était en ordre. Un ordre chaleureux, harmonieux, fluide, si on peut dire ça comme ça, contrairement à celui de Lucie qui est figé et monastique. Dans la maison de Petite-Rivière, l'ordre n'était que fonctionnel, son rôle se limitant à dégager le passage et à permettre de s'y retrouver plus rapidement. Chez les parents de Clo, où la froideur et le luxe se disputaient la première place, il avait un caractère implacable.

Que penser de l'ambiance qui règne au coin d'Ontario et Davidson ? L'ordre et le désordre s'y affrontent continuellement. Comme si on habitait à La Nouvelle-Orléans, avant le passage de Katrina, et qu'on devait s'affairer sans répit à entasser des sacs de sable autour du solage pour empêcher l'eau d'entrer et à placarder les fenêtres contre les grands vents. Quand la tempête s'éloigne enfin, ce n'est pas le beau temps qui lui succède, mais l'accalmie, seulement l'accalmie. Façon de parler, évidemment.

On voyait bien que le mobilier n'avait pas été assemblé au hasard des trouvailles dans les magasins de pauvres, des ventes de garage ou ramassé sur le trottoir, avant le passage du camion à ordures. Un bel appartement avec vue imprenable sur le parc. Façon de parler, car toutes les vues sont imprenables, non ? D'ici, on pouvait très bien apercevoir le banc de Lucie. La femme, qui n'est pas une folle, car les folles n'habitent pas dans des maisons comme ça, devait avoir déjà tout compris.

Jeanne est revenue et Clo s'est lancée :

Il n'y a qu'une chose qui tient Lucie en vie : connaître sa petite-fille.

Jeanne a hoché la tête avant de dire :

C'est elle qui vous envoie ? Une drôle de femme, une drôle de mère, votre Lucie… Vous êtes parentes avec elle ? Non ? Comment vous l'avez rencontrée ? À l'hôpital. Ah, oui… bien sûr. Pourquoi est-ce que je voudrais la laisser entrer dans nos vies ? Pourquoi est-ce que je voudrais la laisser approcher ma fille ?

Elle est séparée de Jérôme. En fait, ils n'ont jamais vraiment vécu ensemble, mais ils sont restés des amis, si j'ai bien compris. Il vient souvent voir Alice. Ce qu'il lui a confié au sujet de sa mère ne lui donne pas tellement envie de la connaître. Lui, en tout cas, il ne veut plus rien savoir d'elle.

Qu'est-ce qu'on pouvait faire ou dire de plus ? On avait frappé un mur. Façon de parler. On est restées bouche bée comme deux abruties. Je me suis levée pour partir, mais Clo m'a retenue. Il fallait défendre la cause de Lucie. On était venues pour ça, pas pour tomber d'accord avec la grande femme rousse.

Alors Clo lui a raconté le peu qu'on avait appris de la vie de Lucie : les photos de famille, la bottine de bébé, les maladies et les dépressions, notre appart, les tricots pour enfant, les après-midi au parc Molson, beau temps, mauvais temps.

La femme est restée longtemps silencieuse à jouer avec ses doigts, puis elle nous a demandé comment Lucie avait appris l'existence de la petite. On n'en avait aucune idée, mais Clo, ma chère Clo, a eu un éclair de génie :

Est-ce que Jérôme habite pas rue Rivard, maintenant, et avant, rue Parthenais ?

Jeanne a fait signe que oui et a demandé :

Pourquoi ? Comment vous savez ça ?

Voilà donc ce que signifiait la liste des vingt-trois adresses inscrites dans le cahier qu'on avait trouvé au fond du petit tiroir. Au fil des ans, Lucie avait suivi son fils à la trace, de familles d'accueil en centres jeunesse et en appartements. Elle avait dû l'épier sans oser l'approcher comme elle le fait maintenant, au parc Molson.

Jeanne nous a raconté ce qu'elle avait appris par Jérôme, durant les rares occasions où il avait accepté de lui parler de sa jeunesse : les hospitalisations à répétition de sa mère, ses deux tentatives de suicide – une fois, c'est lui qui l'avait trouvée par terre, inconsciente, en rentrant de l'école et qui avait alerté les secours –, le frigo vide, le linge sale, l'appartement crotté, sa mère couchée toute la journée, les fréquents téléphones de l'école, les bouteilles dans tous les coins, les flacons de pilules, les familles d'accueil, les travailleurs sociaux, les brefs retours à la maison, les promesses toujours brisées, les bagarres de ruelles, les petits délits, les séjours en centres jeunesse. Quand sa mère lui a rendu visite la dernière fois – il avait quinze ans –, il lui a craché toute sa haine au visage. Elle lui avait pourri la vie et il ne voulait plus jamais la revoir.

Qu'est-ce que tu voulais qu'on réponde à ça ?

J'allais me lever à nouveau, mais Clo a repris la parole. Elle a eu la bonne idée de lui parler de la photo de graduation, de la Lucie qui jouait du piano et chantait dans une chorale dans son uniforme marine, de cette Lucie-là qui avait mis Jérôme au monde et qui l'avait aimé, beaucoup aimé, ça se voyait très clairement sur les photos.

Les yeux rivés sur mes chaussures, entre deux quintes de toux, je me suis empressée d'ajouter :

Vous savez, madame, les photos sont pas comme les gens, elles peuvent pas mentir.

Clo a surenchéri en parlant des gâteaux d'anniversaires, du collier de perles, de la coupure de journal, de l'autre femme, des dettes, de la perte de la maison de la rue Des Écores et des concerts de Lucie qui se terminent invariablement par une berceuse.

Jeanne a baissé les yeux, elle réfléchissait. On voyait bien qu'elle ne savait plus quoi penser ni quoi faire de nous. Un chat, un petit chat noir, a pénétré dans le salon juste au bon moment. Il est venu se frotter sur nos jambes en miaulant, puis il a commencé à nous sentir, Clo et moi, et finalement, il a sauté sur le sofa et s'est installé entre nous deux. On s'est mises à le flatter. Ça nous donnait une contenance. Il ronronnait comme un bon, couché sur le dos. Jeanne nous a dit que c'était Bibi, le chat d'Alice.

Jeanne s'est levée, elle s'est postée à la fenêtre en regardant vers le parc. Nous, on n'osait plus ouvrir la bouche : on avait joué toutes nos cartes. Il fallait attendre son verdict.

Après d'interminables minutes, comme dit Clo — personne ne lui fera croire que les minutes sont toutes de la même longueur —, Jeanne est enfin revenue s'asseoir. Elle nous a regardées lentement, promenant ses yeux de l'une à l'autre. J'ai fait un effort pour ne pas baisser les miens trop vite, car alors les gens pensent qu'on veut leur cacher quelque chose et se méfient. Le silence durait, durait. J'allais donner un coup de coude à Clo pour qu'elle comprenne qu'il fallait foutre le camp, mais Jeanne a fini par dire qu'elle serait au parc, mardi prochain, s'il faisait beau, avec Alice qu'elle irait chercher plus tôt, à la garderie. Par contre, il ne fallait pas s'attendre à ce qu'elle adresse la parole à Lucie. Elle laisserait sa fille jouer un certain temps pour que notre coloc puisse l'examiner à son goût. C'était tout ce qu'elle était prête à faire pour le moment. Et il valait mieux que le père de la petite n'apprenne pas ça…

J'aurais préféré un autre jour comme le mercredi, par exemple, parce qu'on va vouloir accompagner Lucie, je suppose, et que normalement, moi, le mardi, je marche. J'allais ouvrir la bouche pour soulever la question, mais Clo, qui avait saisi ma préoccupation, ne me demande pas comment, m'a pincé l'avant-bras.

On s'est levées comme des ressorts. J'ai bien vu que Clo avait envie de sauter au cou de la grande femme rousse, mais elle s'est retenue juste à temps. Il n'y a que les fous pour déborder de la sorte. Jeanne a promis de ne rien révéler de ce qu'on lui avait raconté ni de ce qu'on avait obtenu par ruse et traîtrise en faisant boire Lucie et en fouillant dans ses secrets.

On était tellement fières de nous qu'en revenant, on ne portait pas à terre, façon de parler, évidemment.

J'ai levé la tête, on voyait très bien la Lune dans son dernier quartier qui nous examinait de son poste d'observation. Je le dis comme ça, pour parler comme tout le monde, mais je sais bien qu'il n'en est rien et que tout tourne tout le temps.

La mer des Nuages

La mer des Nuages, en latin, *mare Nubium*, est l'une des vastes plaines basaltiques de la Lune, située dans la partie sud de sa face visible, à l'est de la mer des Humeurs et au nord du marais des Épidémies.

Allongée sur mon lit, je feuilletais tranquillement le gros album de photos du cosmos que j'ai emprunté à la bibliothèque Maisonneuve. J'y ai déjà puisé l'inspiration des trois dernières peintures que j'ai réalisées à l'atelier. Afin de préparer mon prochain tableau, je voulais tracer quelques croquis dans mon cahier à dessin et choisir la gamme de couleurs que j'utiliserais, le lendemain, au Pec.

Le livre contient plusieurs images de nébuleuses planétaires prises par le télescope Hubble. Ces explosions, aux formes et aux teintes extravagantes, sont causées par la mort de lointains soleils. Elles sont toutes plus extraordinaires les unes que les autres, mais la plus remarquable est peut-être Helix, surnommée l'Œil de Dieu, située dans la constellation du Verseau.

Pourtant, la photo qui m'a le plus impressionnée est plutôt banale en regard de l'Univers : un simple lever de Terre sur la Lune, plus précisément sur les plaines de la mer de Smith, pris depuis le module de commande d'*Apollo 11*, en orbite. On dirait une bille de verre comme celles que me donnait ma tante Violette, dans le temps, ou un œil. Un œil magnifique.

Et si la Lune est l'œil de la nuit, la Terre pourrait bien être l'œil de quelque chose d'autre ou simplement l'infime cellule du corps d'un grand animal dont on ne connaîtra jamais ni le nom ni l'allure. Parce que, je ne sais pas si tu l'as appris, mais des chercheurs prétendent qu'il y aurait environ 17 milliards de planètes de la taille de la nôtre dans notre seule galaxie. Ça fait beaucoup, c'est le moins qu'on puisse dire. Et ça donne le vertige quand on s'y arrête deux minutes.

Si j'habitais sur la Lune, c'est la Terre qui me fascinerait, et mon plus grand désir serait certainement d'y poser le pied un jour. Car il n'y a rien de plus beau que notre planète vue de l'espace, avec ses reliefs variés et ses océans qui recouvrent 71 % de sa surface. Je passerais mes nuits entières à l'explorer en rêve et mes jours à étudier sa morphologie. Je m'imagine facilement, assise sur une butte lunaire, en train de la contempler tranquillement. Et ce sera le sujet de mon prochain tableau.

À cette distance, on ne voit rien des milliards de cadavres jetés pêle-mêle dans des fosses communes depuis la nuit des temps (très, très longtemps, avant qu'on commence à mesurer le temps avec des calendriers et des horloges, lexique, page 27) et on n'entend pas les prières que les humains lancent dans l'espace, quel que soit le Dieu qu'elles implorent.

À cette distance, on ignore les philosophies et les religions humaines, car nos élucubrations, les plus fameuses soient-elles, ne réussissent pas à échapper à la gravité terrestre.

À cette distance, on a la certitude que tout ce qui vit, grouille, aime, souffre et espère sur la Terre, reste enfermé dans la belle bulle bleue qui, un jour, explosera à son tour en un feu d'artifice céleste dans l'indifférence cosmique la plus totale.

Il y a des milliards d'étoiles dans notre galaxie et des milliards de galaxies dans l'Univers, alors comment veux-tu qu'un Dieu, quel qu'il soit et où qu'il se trouve, pense à tourner son gros œil nébuleux vers notre planète? Au mieux, on n'est qu'un pore de la peau de son petit orteil, si tant est qu'il en ait un.

Mais même à cette distance, j'aime penser qu'en prêtant bien l'oreille, assise sur ma butte lunaire, j'arriverais à percevoir, franchissant le mur du son, la voix fluette de Lucie entonnant une de ses chansons du soir.

Je réfléchissais à ces questions quand Clo a poussé ma porte. Elle le sait, pourtant, je le lui ai dit mille fois, que j'ai besoin d'être seule. Si je n'ai pas trop regimbé, c'est parce qu'il valait mieux que je referme le livre avant d'être prise de vertige et happée par un trou noir. Façon de parler.

Il était onze heures et j'étais encore en pyjama, mais Clo voulait que je me lève sur-le-champ. C'était urgent. Très, très urgent. Comme tous les désirs de Clo qui exigent d'être satisfaits sur-le-champ. Il fallait absolument, absolument que je m'inscrive sur Facebook, là, maintenant. Je m'habillerais après, je déjeunerais plus tard.

Elle m'a expliqué de quoi il retournait : ce serait très, très bon pour moi, je me ferais des tas d'amis, je briserais mon isolement et je serais enfin connectée avec le reste de la planète. Je pourrais même dénicher d'autres hurluberlus comme moi qui se passionnent pour la Lune ou les salons de coiffure et former avec eux des groupes de discussions.

Tiens donc, une thérapie informatique, maintenant.

J'ai eu beau lui affirmer que ça ne m'intéressait pas, que l'idée d'être amie avec de parfaits inconnus ne me disait rien qui vaille, Clo devient sourde aux arguments des autres quand elle a une idée en tête. J'ai donc une page Facebook et une seule amie, Clo. Me voilà bien avancée : quand je veux lui parler, à ma seule amie Facebook, je n'ai qu'à ouvrir la bouche.

Johanne est entrée sur ces entrefaites, une boîte de beignes à la main. Juchée sur ses échasses, elle était vêtue d'une camisole dont le motif imitait la fourrure du léopard et d'un jean noir transformé en short qui portait parfaitement son nom. Il était facile de deviner d'où elle arrivait.

Ce qui attire tout d'abord mon attention chez les gens, après leurs chaussures, ce sont leurs yeux. Je les regarde très rapidement parce que ça me bouleverse trop si je m'y attarde. Et ceux de Johanne sont paisibles et d'un bleu très particulier, probablement sarcelle. Leur contour est indigo et je comprendrais qu'on soit prêt à payer pour les contempler.

Clo lui a préparé un café et lui a demandé si les choses s'étaient bien passées au travail. Une petite matinée tranquille, selon Johanne. Les flics sont très présents ces temps-ci et ça effraie les clients. Le métier devient de plus en plus difficile. Le maire de l'arrondissement veut parquer les filles dans un secteur industriel, vers l'ouest, entre Adam et Sainte-Catherine, autour des rues Alphonse-D.-Roy et Moreau. Une sorte de *no man's land*.

Ce n'est pas tout : les junkies sont prêtes à faire n'importe quoi et à courir tous les risques pour quelques dollars, ce qui rend la compétition féroce. Plusieurs d'entre elles sont des adolescentes en fugue et Johanne préfère ne pas penser à ce qui pourrait leur arriver dans ce coin perdu.

Johanne ne consentira jamais à aller bosser dans la zone de tolérance et je la comprends. Je me suis déjà promenée dans ce coin-là, une fois, avec Emilio qui insistait pour qu'on aille voir le fleuve. On a marché rue Sainte-Catherine, vers l'ouest, jusque sur le viaduc qui surplombe les voies ferrées.

J'avais peine à croire que c'était le même fleuve qu'à Petite-Rivière. Il ressemblait à un animal sauvage enfermé dans une cage et j'ai eu honte pour lui. Mon fleuve, pris au piège entre ses rives mornes, semblait stagnant. Il était de la même couleur que le béton du viaduc, les vieux bâtiments portuaires, le pont et les buildings du centre-ville, entassés au loin, devant nous. Même les quelques arbres chétifs, qui avaient réussi à survivre dans cet environnement rébarbatif, étaient gris de poussière et d'indifférence, comme on dit.

Je n'avais jamais imaginé, jusque-là, le long chemin que le fleuve devait parcourir avant de longer les côtes de Charlevoix. On a rebroussé chemin et j'ai promis à Emilio qu'un jour on irait le voir pour vrai, le fleuve, là où il coule en toute liberté.

En revenant, on a croisé, au coin de Sainte-Catherine et d'Omer-Ravary, une fille d'une quinzaine d'années complètement gelée. Appuyée à la portière d'une Volvo, elle suppliait le conducteur qui a fini par la laisser monter et qui s'est stationné un peu plus loin.

Johanne pense à se recycler, mais pour faire quoi ? Ce n'est pas avec une petite job précaire au salaire minimum qu'elle pourra subvenir aux besoins de sa famille. Il faudrait qu'elle trouve un travail au noir qu'elle pourrait exercer pendant que ses enfants sont à la garderie.

Elle s'est installée devant l'ordi avec Clo et j'ai pu regagner mes quartiers. Je les ai entendues rigoler pendant au moins une heure en se racontant des histoires de gars. De temps en temps, elles baissaient la voix comme deux conspiratrices.

Intriguée, après le départ de Johanne, je suis allée retrouver Clo pour savoir de quoi il retournait : ma chère coloc possède deux pages Facebook maintenant, la vraie, avec son nom, plusieurs photos d'elle dans différentes positions et des tonnes d'amis, et une autre, avec une identité fictive. J'ai voulu comprendre :

Pourquoi, Clo ? Pourquoi deux ? C'est qui, ce Charles Vadeboncœur dont je n'ai jamais entendu parler ? Tu le connais ?

Clo s'est contentée de sourire bizarrement et j'ai compris : cette personne est amie avec qui, tu penses ? Avec Éric, évidemment.

Oh, là, là... Oh, là, là, Clo !

C'est tout ce que j'ai trouvé à dire sur le sujet. Et Clo, le nez en l'air, faisait celle qui ne voyait vraiment pas le problème. Il n'y avait rien là, je me compliquais toujours la vie et patati et patata. Inutile de discuter avec elle, je me suis empressée de disparaître.

J'ai ouvert le livre et j'ai pensé que ce sont des phrases comme celles-là, Bérénice, qui ont poussé ma tante Violette, autrefois, à s'en aller sans laisser de traces :

Quand on vient de soi, on sait d'où l'on vient. Il faut tourner le dos au destin qui nous mène et nous en faire un autre. Pour ça, il faut contredire sans arrêt les forces inconnues, les impulsions déclenchées par autre chose que soi-même. Il faut se recréer, se remettre au monde.

La rainure de Hadley

La rainure de Hadley, en latin, *rima*, est une gorge de 1 600 m de largeur, 400 m de profondeur et 80 km de longueur. Elle zigzague très joliment au nord de la chaîne des Apennins située sur la bordure sud-est de la mer des Pluies.

Clo s'est réveillée de grande humeur. Elle est entrée dans ma chambre alors que je dormais encore et a déclaré que Lucie devait absolument, absolument se faire coiffer avant d'aller au parc, mardi prochain :

Tu l'as vue ? Un épouvantail à gens normaux !

J'ai essayé de gagner du temps :

Commence donc par aller t'habiller, Clo. Prends un café et reviens dans une petite heure.

Mais elle ne l'entendait pas ainsi. Elle s'est assise sur mon lit pour m'expliquer l'urgence de la situation : Lucie n'aura pas des tonnes d'occasions de faire une bonne impression. Vaudrait mieux qu'elle ne rate pas son coup. Il lui faut une tête de bonne mère-grand.

Prends rendez-vous pour elle au salon de la rue Beaubien. T'as noté le numéro, l'autre jour. Oui, je t'ai vue. On va l'accompagner. Lucie voudra pas. Tu t'en doutes. Elle va nous dire qu'elle a pas d'argent pour ce genre d'affaires-là. Tu sais comme elle ménage ses cennes.

Il va falloir lui en payer au moins une partie pour arriver à la convaincre.

Fais ceci, fais cela.

Cette manière de faire, ou plutôt de faire faire, s'appelle une consultation pour Clo, et ce qu'elle voulait dire par «Il va falloir lui en payer au moins une partie», c'est que JE devrais lui en payer au moins une partie. Elle a lu dans mes pensées, mes maudites pensées mesquines, et elle a ajouté, sur un ton mielleux:

En même temps, Violette, ça va te rendre service, tu pourras découvrir comment ça marche et combien ça coûte pour quand tu seras prête à y aller, toi, au salon de coiffure. Depuis le temps que t'en rêves.

Ça s'appelle de la manipulation pure et simple. J'avais 72 $ cachés sous mon matelas. J'en ai sorti trente. On a acheté une bouteille de vin et on a réussi à convaincre Lucie de se faire coiffer et de fournir le reste de la somme nécessaire. La teinture, on va la lui appliquer nous-mêmes. On a considéré comme un assentiment le fait qu'elle n'ait pas trop protesté.

Le jour J (quand le moment tant attendu arrive, lexique, page 17), les astres s'étaient donné la peine de s'aligner (toutes les conditions favorables étaient réunies, lexique, page 15) et il faisait très beau. Clo a paré Lucie de quelques accessoires, foulard, collier et bracelet, pour qu'elle ait moins l'air d'une servante. Elle a remplacé les deux boutons manquants de sa veste beige clair par des épingles et fait tenir le bord décousu de sa jupe marron à l'aide d'une agrafeuse empruntée au gars de la brasserie. Rien n'y paraissait. Puis elle a entrepris d'arracher la douzaine de longs poils blancs qui se dressaient effrontément sur le menton de notre coloc. Celle-ci hurlait chaque fois comme si on lui extrayait une dent à froid. L'épilation terminée, Clo a voulu maquiller Lucie qui en avait plus qu'assez et qui commençait à se débattre pour qu'on lui fiche la paix :

Ah ! Lâchez-moi donc ! Qu'est-ce qui vous prend ? Êtes-vous devenues folles ?

Franchement, elle avait fière allure, Lucie. Le rouge à lèvres avait mis en évidence les deux accents circonflexes qui ornent sa lèvre supérieure et qu'on n'avait jamais remarqués jusque-là. On lui a tendu un miroir :

Regarde, t'es belle !

Mais elle n'a pas réagi, et difficile de dire si ce surcroît d'attention lui a tout de même fait plaisir.

Encadrée par ses deux colocs, Lucie s'est laissé conduire au salon de coiffure comme une automate. On l'a poussée à l'intérieur et Clo s'est adressée à la réceptionniste qui a fait un drôle d'air en nous examinant de la tête aux pieds :

Vous êtes ensemble ? Vous êtes venues à trois ? Allez vous asseoir là-bas en attendant qu'on appelle madame Lucie.

Le rendez-vous tombait pile à la bonne heure. En sortant, ce serait presque le temps d'aller au parc. On avait juste une petite marge de manœuvre. Te dire dans quel état je me trouvais : les odeurs, le bruit, la voix de la chanteuse – ce n'était pas Céline, mais Marie-Mai –, les conversations à travers le salon, la sonnerie constante du téléphone, les confidences que tout le monde entend, les produits sur les tablettes, les revues, les miroirs, c'était presque comme dans mon rêve. Tu comprends ? J'étais presque dans mon rêve.

Et soudain, les semaines passées dans la rue, les cheveux emmêlés et crasseux, le froid, la faim, la saleté, la vermine, les dortoirs des refuges, les abris de fortune, le marchandage, l'intimidation, l'humiliation, les bousculades, la quête pour ramasser l'argent d'un café, d'un hot-dog, les délires et les plaintes de mes compagnons d'infortune, la terreur lâchée lousse à chaque seconde, tout ça m'est revenu en mémoire. Tout ce à quoi j'avais réussi à échapper ces derniers temps. Je me suis revue, le nez collé à la vitrine d'un salon de coiffure, mourant d'envie de changer de vie avec la première venue.

Le souffle coupé, la vue brouillée, les frissons, les sueurs. Il fallait que je sorte, que je coure, que je disparaisse au plus vite. Clo a perçu mon affolement et a passé son bras autour de mes épaules :

Eille, Violette, reste avec nous ! Respire, respire lentement, ferme les yeux deux minutes. C'est une belle journée et tout va bien.

J'ai commencé à réciter ma litanie à voix basse : aigue-marine, d'Anvers, azur… Peu à peu, les choses ont repris leur place, mon cœur a retrouvé son rythme. On a feuilleté des livres de modèles de coiffure avec Lucie qui ne s'intéressait pas à la question :

Faites donc ce que vous voulez, un coup parti.

Moi, tout en évitant de regarder vers la vitrine où j'avais peur d'apercevoir mon double errant et pouilleux, je ne manquais rien de ce qui se passait aux lavabos, dans le coin des teintures ou sur les six sièges pivotants. J'écoutais attentivement, quand les clientes allaient payer, pour avoir une idée des prix. J'ai tout enregistré ; je n'aurai donc pas l'air d'une imbécile, le moment venu. Pas trop, disons.

Quand la coiffeuse, qui avait tenté sans succès de faire la conversation avec notre coloc, en a eu fini, cheveux lavés, coupés, coiffés, Lucie s'est regardée un moment avec attention, mais son visage est demeuré impassible, à part un infime plissement entre ses sourcils. Était-elle satisfaite ? Elle a hoché la tête, c'est tout, puis elle s'est levée sans se retourner pour remercier, ni rien. Clo et moi, on s'est donné des coups de coude. On avait réussi notre coup : Lucie ressemblait à s'y méprendre à une authentique grand-mère.

Je me suis précipitée pour laisser un pourboire. J'avais observé les autres clientes. Elles déposaient deux ou trois dollars, j'en ai mis quatre sur la table de Myriam pour qu'elle garde un bon souvenir de moi. C'est avec elle que je prendrai rendez-vous, le moment venu. Avec l'argent du billet d'autobus, ça faisait une belle somme dépensée en pure perte, si on peut dire ça.

En sortant, alors que je jetais un dernier coup d'œil dans le salon, j'ai bien vu toutes les têtes se retourner vers nous et toutes les mâchoires se faire aller. *Mangez donc un char de marde*, que je me suis dit en moi-même.

On a embrassé Lucie avant de la laisser se rendre au parc toute seule comme elle nous l'avait demandé. On lui a dit qu'on irait prendre un café quelque part, dans le coin, et qu'on l'attendrait pour retourner à la maison. Un mensonge de plus ou de moins, au point où on en était.

Lucie s'est éloignée et j'ai remarqué que, pour la première fois, elle portait des bas neufs et bien tirés, car Clo m'avait emprunté de l'argent pour aller lui en acheter une paire, à la pharmacie. On l'a regardée se diriger, de son pas lent, tout droit vers son banc.

Quelques minutes plus tard, tel qu'elle nous l'avait promis, Jeanne est sortie de la maison, a traversé la rue en tenant sa fille par la main et en faisant un détour pour ne pas passer juste à côté de Lucie. Elle s'est assise un peu plus loin, un livre à la main, comme si de rien n'était (comme si c'était normal, naturel, lexique, page 19). Pendant ce temps-là, la petite courait dans tous les sens à la poursuite de son chat qui les avait suivies ou de son ballon qui volait, parfois, jusqu'aux pieds de sa grand-mère.

Dissimulées plus loin, Clo et moi observions le tableau.

Lucie ne bougeait pas, n'essayait pas d'approcher la petite ni même de lui adresser la parole. Elle la regardait simplement. Elle la regardait constamment avec une expression qu'on ne lui connaissait pas. Une expression que je ne me rappelle même pas avoir déjà observée chez quiconque auparavant.

J'avais apporté mon cahier à dessin et j'ai fait quelques croquis de la scène pendant que Clo prenait des photos avec son cellulaire. Au bout d'une heure, Jeanne et sa fille ont repris le chemin de la maison. Cette fois, la grande femme rousse est passée près de Lucie et l'a saluée de la main avant de traverser la rue.

On est allées rejoindre Lucie qui nous a dit, avec une voix bizarre :

Je l'ai bien vue, la petite.

Et nous, on n'avait pas besoin de lunettes pour constater qu'elle souriait à l'intérieur. Elle a conservé cette espèce de sourire de Bouddha jusque chez nous et pour fêter ça, on l'a invitée à souper au Chic Resto Pop.

Ce soir-là, on a eu droit à un concert plus long que d'habitude. Le plus surprenant n'était pas la durée exceptionnelle du récital, mais bien l'ajout d'une nouvelle chanson dans le répertoire habituel de notre coloc. Contrairement aux autres, cette toune ne provenait pas d'un temps lointain et révolu, Lucie l'avait entendue ici même, quand on avait emménagé dans l'appart. Clo l'avait fait tourner cent fois à tue-tête pour célébrer le début de notre nouvelle vie. Elle enterrait de sa voix tonitruante celle de Richard Desjardins et du chœur d'enfants : « Nous aurons tout ce qui nous manque… »

C'est une petite chanson de couleur bistre aux bordures anthracite.

Tu sais ce que c'est, du bistre, Bérénice ?

De la suie broyée, d'où l'expression broyer du noir. En l'écoutant, on imagine une zone sinistrée d'après-guerre d'où montent ici et là des volutes de fumée d'un sépia délavé. À la fin, on aperçoit clairement une Lune argentée au-dessus des décombres. Et ça s'entendait dans la voix de Lucie.

La Lune bleue

La Lune bleue, vois-tu, est la deuxième pleine lune visible dans un même mois. La période synodique dure 29 jours et un peu plus de 12 heures. En fait, si tu aimes la précision, il s'agit plus exactement de 29 jours, 12 heures, 44 minutes et 2,9 secondes. Comme une année calendaire contient onze jours de plus qu'un cycle lunaire, ces jours supplémentaires s'accumulent et on a droit à une pleine lune additionnelle tous les deux ou trois ans.

Il avait plu toute la maudite journée et on est revenues de la Cuisine collective complètement trempées, crevées et avec autant de paquets que la première fois, mais on avait eu la bonne idée de prévoir le coup : on portait chacune un sac à dos.

Lucie est arrivée de son escapade au parc Molson en même temps que nous. Elle était fraîche comme une rose, pas mouillée le moins du monde, avec son sourire de Bouddha plaqué sur le visage. On l'a questionnée, tu penses bien. La grande femme rousse l'avait fait entrer chez elle. Elles avaient pris le thé ensemble au salon et avaient joué avec la petite pendant une heure. Ensuite, Jeanne et sa fille l'avait reconduite en auto jusque chez nous.

Alors quand Clo, obnubilée par je ne sais quel fantasme, a proposé, en refermant la porte du congélateur plein à craquer, qu'on organise un souper, un vrai souper, et qu'on invite du monde, j'ai commencé par m'objecter. Je voyais toutes nos précieuses réserves s'envoler. J'avais déjà dû avancer la somme totale pour l'achat de la nourriture parce que Clo était à sec, comme d'habitude, et que Lucie, prétendant qu'elle mangeait moins que nous et ne digérait que certains des plats préparés à la Cuisine collective, refusait le partage en trois parts égales. Elle ne voulait payer que les portions qu'elle consommerait. Je ne voyais pas le jour où je réussirais à me faire rembourser et je commençais à en avoir marre après tout.

Lucie a renchéri : trop de dérangement, de bruit, de fatigue et d'argent, car ça coûterait cher, cette petite fête-là, et il ne fallait pas compter sur elle pour payer quoi que ce soit. Quelle surprise ! J'ai conclu :

De toute façon, on connaît personne.

Comment ça, on connaît personne ? On connaît beaucoup de monde, au contraire. Bien assez de monde pour remplir l'appartement.

Clo était partie en peur : on convierait Fred, le proprio de la brasserie, sa sœur Marie-O, Emilio, qui reste à coucher de plus en plus souvent chez nous, pas vrai, Violette ? Johanne avec ses enfants et puis Jeanne et Alice. Elle a fait une petite pause avant d'ajouter, mine de rien, qu'on aurait presque l'air d'une famille normale.

Ce petit bout de phrase assassine a laissé Lucie songeuse, puis des petites ampoules de Noël clignotantes se sont allumées dans ses yeux : elle allait faire de la soupe et un dessert.

De la vraie soupe, Lucie ?

De la vraie soupe. Pas des sachets. Et un dessert.

On n'avait jamais entendu dire que Lucie savait faire de la soupe ni des desserts. Voilà qu'elle était prête à embarquer dans le projet de fou de Clo.

J'ai ouvert le livre :

Je m'appelle Bérénice Einberg et je ne me laisserai pas induire en erreur. Il ne faut pas se laisser aller à aimer. C'est comme se laisser aller.

Khonsou, un autre dieu lunaire du panthéon égyptien

Khonsou signifie le voyageur. Ce dieu lutte contre les forces des ténèbres, avec le pharaon, et est représenté sous la forme d'un jeune homme portant une tresse sur le côté, caractéristique des enfants royaux ou divins. Il est coiffé d'un disque lunaire posé sur un croissant de Lune.

Cet après-midi, au Pec, je me suis amusée à inventer une écriture inspirée des caractères cunéiformes des Sumériens mêlés à des pictogrammes de mon invention que je traçais à l'encre de Chine sur de longues bandes de papier. J'avais le projet de les fixer au-dessus des cimaises qui longent les murs de ma chambre, justement à la bonne hauteur, celle des yeux, comme s'il s'agissait de frises de papier peint. Emilio s'est approché et m'a demandé à quoi je m'occupais quand je n'étais pas à l'atelier.

C'est une question trop vaste, Emilio. Qu'est-ce que je peux répondre à ça? Précise, précise.

En fait, il voulait savoir ce que j'aimais faire pour me distraire, ou quelque chose comme ça. Je lis le livre, je dessine, je regarde dehors, ça dépend, mais tous les mardis, les jeudis et les dimanches, je marche. Beau temps, mauvais temps.

Alors, t'aimes marcher, toi aussi? m'a-t-il répondu, avec un large sourire.

Parce qu'Emilio aime marcher. Et pas rien qu'un peu. Il a un rêve : partir faire le tour du monde à pied, un de ces jours. C'est long et c'est loin, le tour du monde à pied, mais qu'importe, il y passerait sa vie entière, s'il le fallait. Il travaillerait ici et là et dormirait ici et là. Il m'a demandé si ça me dirait, moi, un rêve comme ça.

Eh bien, j'en sais rien, Emilio. J'ai jamais pensé à ça. Et il faudrait que tu sois plus explicite : dormir ici et là, rien de plus vague.

C'est vrai que j'aime marcher, mais je ne m'en vais pas n'importe comment, à l'aveuglette. Je procède dans l'ordre. Je choisis d'abord une rue, sur Google, et je mesure la distance et le temps nécessaires pour la parcourir, aller-retour, d'une extrémité à l'autre. Avant de partir, je sais exactement combien de kilomètres j'aurai à franchir et à quelle heure je serai revenue, incluant une pause pour manger mon sandwich. Je choisis surtout des destinations nord-sud, parce que plusieurs rues est-ouest, comme Sainte-Catherine, Sherbrooke ou Notre-Dame, sont bien trop longues. Il me faudrait dormir en chemin, et c'est hors de question.

Par exemple, l'autre jour, j'ai exploré notre rue, Davidson, qui devient Saint-Michel à partir de Rachel. J'aurais pu m'arrêter là, mes règlements m'y autorisent, mais comme il faisait beau, j'ai décidé de la parcourir au grand complet. Je suis d'abord descendue jusqu'à Notre-Dame, afin d'atteindre la limite sud de la rue, ce qui fait 700 mètres de chez nous, et je suis remontée ensuite jusqu'à Gouin. J'ai donc parcouru 10,9 km à l'aller et 10,2 au retour.

La rue voisine de la nôtre se nomme Darling. Et monsieur Darling était l'époux de madame Mary Davidson. C'est-tu assez mignon? Non, mais, gênez-vous pas, baptisez, baptisez! En fait, le monsieur en question a fait ouvrir ces routes sur sa terre, en 1887. J'aime bien savoir où je mets les pieds.

Je ne marche pas toujours aussi longtemps. Plusieurs petites rues nord-sud du quartier finissent à Rachel ou à Mont-Royal, comme Dézéry, Saint-Germain, Préfontaine, Aylwin et Joliette. Toutes les rues entre Pie-IX et Viau ne dépassent pas Pierre-de-Coubertin, au nord. Quand il ne fait pas beau, je choisis d'aller plutôt de ce côté.

Sur mon chemin, quand je rencontre un salon de coiffure, j'entre pour prendre la carte professionnelle et j'inscris à l'endos la note que j'attribue à l'endroit. Cette note va de un à dix selon les critères d'une grille d'évaluation en sept points que j'ai établie exprès. Car je ne sais pas si je te l'ai déjà dit, Bérénice, mais je collectionne les cartes professionnelles des salons de coiffure. J'ai expliqué tout ça à Emilio qui m'a écoutée attentivement, avec un air songeur. Il prétend que faire le tour du monde à pied, ce ne serait pas tellement différent.

Quand même, Emilio, t'exagères, il me semble.

Il a affirmé le contraire: il suffirait de découper la planète en parcelles et de tracer notre itinéraire au début de chaque journée, comme si on dessinait nos propres longitudes et latitudes. Sauf qu'on ne reviendrait pas dormir à l'appart, évidemment, ce qui serait quand même une grosse différence. Une énorme différence. Ça lui plairait qu'on parte ensemble, mais moi, je ne sais pas. Faudrait voir.

Il m'a questionnée sur ma collection de cartes de salons de coiffure. Je lui ai raconté mon rêve et mon désir de changer de tête, un de ces jours. Il trouvait que ce serait dommage, car ma tête lui plaît bien telle qu'elle est actuellement, ce sont ses mots, je ne dis pas ça pour me vanter, et il a ajouté qu'il aimait qu'on soit coiffés de la même manière.

Quand j'ai rencontré Emilio le surlendemain, au parc Maisonneuve où on s'était donné rendez-vous, il m'a annoncé, tout joyeux, qu'il avait beaucoup pensé à notre conversation et qu'il avait eu une idée. Il a proposé que nous commencions par de petites distances pour nous exercer à partir autour du monde. Comme ça, on saurait si je peux partager son rêve et si on aime voyager ensemble. Pour notre première expédition, on parcourrait la rue Sherbrooke d'un bout à l'autre. On choisirait une belle journée et on prévoirait tout, exactement comme si on partait pour un long voyage : bagages, nourriture, carte, sacs de couchage. Et en fait, il a raison de le dire, où qu'on aille, de toute façon, on est toujours en route autour du monde. Pas moyen de faire autrement, si tu comprends ce que je veux dire.

Il est venu à l'appart et on a examiné l'affaire sur Google. On prendrait l'autobus jusqu'à l'extrémité est de la rue Sherbrooke, car j'ai insisté pour qu'on fasse les choses selon les règles. De là, on partirait à pied et, rendus à l'autre bout, on continuerait encore un peu pour atteindre le parc René-Lévesque, à Lachine. C'est une presqu'île qui s'étire dans le fleuve sur 14 hectares. Vingt-deux sculptures d'artistes québécois ont été édifiées sur le site et il y a longtemps qu'Emilio a envie d'aller les voir. On a regardé des photos de l'endroit : c'est la campagne. On pourrait dormir là, sous un arbre, et on reviendrait le lendemain.

Une petite escapade de 72 km aller-retour.

Je vais y penser, Emilio, je vais y penser.

Clo, qui revenait de sa formation à l'Institut d'hôtellerie, car elle a réussi à convaincre sa sœur qu'elle devait
absolument, absolument y être admise, est entrée au
moment où Emilio s'apprêtait à partir. Elle l'a embrassé
en prenant bien son temps et lui a proposé de rester
encore, mais il ne pouvait pas, car il s'en allait travailler.
Quand la porte s'est refermée, elle m'a dit:

Bon, celui-là, je te le laisse. Vous allez trop bien
ensemble.

Je me suis enfermée dans ma chambre pour réfléchir à la proposition d'Emilio et surtout aux paroles de
Clo. Qu'est-ce que ça signifiait: «Je te le laisse»? Est-ce
qu'Emilio lui appartenait? Avait-elle un droit de premier
refus sur tous les gars de la Terre? Si elle avait voulu, est-
ce à elle qu'Emilio aurait proposé de partir à pied autour
du monde? Est-ce qu'il n'était pas assez bien pour elle et
juste bon pour une fille ordinaire et cinglée comme moi?

Qu'est-ce qu'elle avait voulu dire au juste, Clo?

T'en penses quoi, toi, Bérénice, de tout ça?

Si j'étais assise sur ma butte lunaire, la Terre me fascinerait et je mourrais d'envie d'aller l'explorer. J'y penserais jour et nuit. Je ne penserais même qu'à ça, comme
je me connais. J'y suis justement, sur la Terre, alors, pourquoi ne pas adhérer au projet d'Emilio?

J'ai pris le livre, je l'ai tenu un bon moment dans
mes mains et, avant de l'ouvrir, j'ai pris conscience d'une
chose étrange, Bérénice. Dans mon esprit, petit à petit et
sans même m'en rendre compte, ma tante Violette et toi
êtes devenues la même personne. Il me semble qu'elle
aurait pu prononcer chacune de tes paroles. C'est son

visage que je vois, sa voix que j'entends, sa trace que je cherche quand je te lis, comme si la clé de l'énigme de sa disparition se cachait quelque part, au creux d'une page.

Quand je suis née, j'avais cinq ans d'âge, j'étais quelqu'un: j'étais engagée au plus fort du fleuve qu'est un destin, au plus fort du courant que sont mes envies, mes rancunes, mes prochains et mes laideurs. J'ai crié d'horreur en pure perte. J'étais folle. Je me suis fatiguée; c'est tout.

La mer des Crises

La mer des Crises, *mare Crisium*, en latin, située au nord-est de la mer de la Tranquillité, est le site lunaire le plus facilement repérable à l'œil nu. Son fond est plat avec des anneaux de crêtes plissées à la périphérie. Lors de la solidification de la plaine basaltique, des rides concentriques sont apparues. Ce sont des traces d'anciens tremblements de Lune.

On était assises tranquillement, toutes les trois, et on regardait *Les belles histoires des pays d'en haut* en mangeant des spaghettis achetés à la brasserie quand Ti-chat a traversé le salon en courant comme un fou. Il poursuivait une innocente souris, le petit maudit.

On s'est mises à hurler à l'unisson, grimpant sur le sofa et renversant nos assiettes. La chasse a duré deux ou trois minutes seulement, puis le chat a attrapé sa proie et Clo l'a poussé dehors pour qu'il aille se régaler loin de notre vue.

Après son départ, Lucie ne s'est pas calmée. Elle a continué à pleurer et à crier même si c'était son épisode préféré, à la télé, celui où Donalda est très malade et où tout le monde se demande si Séraphin va enfin se décider à faire venir le docteur ou s'il laissera mourir sa femme pour sauver l'argent de la visite.

J'ai commencé à ramasser le dégât pendant que Clo essayait de parler doucement à Lucie en lui caressant le bras. Ce n'était pas la première fois qu'on voyait notre coloc perdre les pédales, mais aujourd'hui, rien à faire pour la calmer : Lucie repoussait Clo en hurlant de plus belle. Elle se débattait comme un diable dans l'eau bénite (comme une personne dans une situation embarrassante ou qui a perdu la boule et les pédales, lexique, page 21), lui assénait des coups de pied et se frappait la tête avec ses poings.

Je me suis mise à paniquer, à tousser et à bredouiller de plus en plus fort pour enterrer les cris de Lucie. Je n'avais qu'une idée en tête : m'enfermer dans ma chambre jusqu'au lendemain. Clo s'est énervée :

Non, mais, c'est quoi, cet appart de folles ?

Puis elle m'a crié :

Fais quelque chose, Violette ! Tu veux-tu que les voisins appellent la police ?

Faire quelque chose. Faire quelque chose. Faire quelque chose.

J'ai couru dans la chambre de Lucie et j'ai pris les tranquillisants qu'elle place toujours à côté de la dosette. J'en ai avalé un, puis j'ai déposé le flacon sur la table devant le sofa, pour que Lucie le voie bien, mais elle continuait à hurler.

On appelle-tu le 911, Clo ? On envoie-tu Lucie à l'hôpital ?

Après avoir essayé les menaces et la douceur, Clo s'est dirigée vers sa chambre en sacrant :

Moi, je démissionne ! Allez-vous-en au diable, si ça vous chante. J'en peux plus. Que ça tombe en miettes, si ça veut absolument tomber en miettes, sacrament !

Alors j'ignore ce qui m'a pris, mais je me suis mise à chanter, avec ma voix tremblante et à peine audible, la chanson de Lucie, *Avant d'aller dormir sous les étoiles*. Clo a rebroussé chemin et l'a entonnée avec moi.

Petit à petit, les cris de Lucie ont diminué d'intensité. Elle respirait par secousses et son corps tremblait, mais on voyait que la crise était passée. On l'a aidée à s'allonger sur le sofa tout en continuant de chanter et elle est tombée endormie. On lui a apporté une couverture et un oreiller et on a décidé de la veiller à tour de rôle au cas où elle se réveillerait au milieu de la nuit et serait prise de panique à nouveau.

J'ai ouvert le livre :

On se glisse sous les couvertures en se demandant jusqu'à quelle heure on restera là, les yeux grands ouverts, à entendre son âme se tordre de peur et d'ennui.

La dorsale Smirnov

Située dans la partie orientale de la mer de la Sérénité, la dorsale Smirnov, dont tu n'as jamais entendu parler à moins d'être une fan, comme moi, est un système de lignes de crêtes s'étendant sur plus de 130 km. Au sud, dans son prolongement, le système prend le nom de Lister et continue son chemin pendant plus de 290 km. La hauteur de ses lignes de crêtes est d'au moins 100 m et c'est la lumière rasante du soleil qui les rend visibles. Voilà tout ce que Google a à dire sur le sujet, mais on peut voir des photos en gros plan et c'est fascinant.

J'aimerais bien faire de la gravure un jour. Ce me semble le médium le plus approprié pour rendre compte de la morphologie lunaire. Comme je ne crains ni la méthode ni la précision, je devrais m'en tirer.

En utilisant l'argent réservé au salon de coiffure, je pourrais m'acheter un atlas de la Lune. J'en ai vu un beau, l'autre jour, à la librairie, mais il coûte 45 $. Et puis, je n'aime pas trop modifier mes plans en cours de route. Tu sais comment je suis, Bérénice.

Lucie venait tout juste de sortir, son petit paquet sous le bras et son affreux imper sur le dos. Je lui ai lancé :

Lucie, il fait même pas froid dehors. C'est l'été, maintenant, et y a pas le moindre nuage dans le ciel. Pas besoin d'imper.

Mais elle n'a pas pris la peine de me répondre et elle a continué son petit bonhomme de chemin, comme on dit.

Installée devant l'ordi, avec Ti-chat-Chagall sur les genoux, je réfléchissais tranquillement à mon problème, acheter ou non l'atlas et ainsi détourner les fonds prévus pour réaliser mon rêve de salon de coiffure. J'examinais la question bien attentivement dans tous les sens, quand Clo est entrée en coup de vent.

L'expression est appropriée, car elle a vraiment le vent dans les voiles, dans le dos ou en poupe, ces temps-ci, Clo. Façon de parler. En plus de poursuivre ses cours à l'Institut d'hôtellerie, elle assiste de temps en temps à des rencontres qui se tiennent à la Maison des femmes du quartier, La Marie debout. Rien de compliqué, comme elle dit. Les participantes échangent sur leur vie et il paraît que ça aide.

Ça aide à quoi, Clo?

Parce que moi, je ne voyais vraiment, mais vraiment pas à quoi ça pouvait bien servir.

Il paraît que ça aide à aller de l'avant, à se regarder en face, à s'accepter, à se rendre compte qu'on n'est pas seule à éprouver des difficultés et à continuer sa route. Ça aide à être plus heureuse, peut-être, même. Si elle le dit.

Bon, si tu le dis, Clo.

Évidemment, elle a essayé de m'entraîner avec elle mais, cette fois, j'ai réussi à résister, et de toute façon, je vais au Pec, moi, ce jour-là. Eh bien, crois-le ou non, c'est Lucie qui l'a suivie. Notre Lucie. Clo lui a vendu sa salade (essayer de convaincre quelqu'un en exposant ses arguments ou en disant un peu n'importe quoi pour arriver à ses fins, dans le cas de Clo, lexique, page 25) en lui démontrant la nécessité d'entreprendre une démarche pour ne pas retomber dans ses vieilles ornières, surtout maintenant, alors qu'elle avait réussi à établir le contact avec sa petite-fille :

Tu voudrais pas péter ta coche et retourner à l'hôpital encore une fois, hein, Lucie ?

Lucie, ses yeux marron grands ouverts comme une petite fille à qui on dévoile les mystères de la vie et qui n'en revient pas, s'est contentée de répondre en tournant trois ou quatre fois la tête de gauche à droite. Alors, les lundis après-midi, on fait un bout de chemin ensemble, toutes les trois. Rendues au coin de Jeanne-d'Arc, mes deux colocs descendent jusqu'à Sainte-Catherine et moi, je continue vers Pie-IX.

Je soupçonne Clo de ne pas entreprendre cette démarche juste pour la beauté de la chose, si tu vois ce que je veux dire. Dernièrement, elle est rentrée passablement énervée. Elle parlait fort en brassant toutes sortes d'affaires dans la cuisine. Je lui ai demandé ce qui allait de travers, mais je m'en doutais : quand Clo fait du vacarme, c'est parce qu'elle se sent coincée et qu'elle cherche une issue. Elle a dit :

Elles s'entendent de mieux en mieux toutes les deux.

Qui ça, Clo ?

Il paraît qu'elles parlent la même maudite langue à l'unisson. La langue des vipères. Quand l'une commence une phrase, l'autre la termine et elles se regardent amoureusement en souriant comme si elles venaient de prononcer des paroles divines. Selon Clo, évidemment. J'ai répété ma question :

De qui tu parles, Clo?

Elles chantent en canon les mêmes crisses de sornettes, pour reprendre les mots de Clo. Quand l'une dit: « Il serait tout à ton avantage que… », l'autre reprend: « Oui, vraiment tout à ton avantage », dans une sorte d'écholalie insupportable. Clo leur a suggéré de se marier tellement elles forment un joli petit couple. Elles veulent qu'elle fasse ses preuves.

Qui ça, Clo?

Elle a dit qu'elles en voulaient pour leur argent, les maudites. Qu'il n'était pas question de lui avancer le moindre sou avant qu'elle ait entrepris ceci et terminé cela. Les vaches, les salopes! Elles avaient le gros bout du bâton et elles en profitaient. Elles lui ont tracé un programme: objectifs à atteindre, étapes progressives pour y arriver, évaluations régulières. Alors, Clo rue dans les brancards (ou prendre le mors aux dents, lexique, page 27), comme on dit.

Elle n'a même pas entendu ma question, mais j'ai fini par comprendre qu'elle parlait de la travailleuse sociale et de sa sœur. Je ne sais pas quelle idée j'ai eue de vouloir me faire l'avocat du diable (soulever des objections pour mieux faire le tour d'un sujet, lexique, page 11, et regarder l'autre face de la médaille, page 13), moi qui ne cherche pas le trouble d'habitude:

Ce n'est peut-être pas une mauvaise affaire que tu termines tes cours et que…

Elle m'a coupé la parole:

Bon, c'est ça, rajoutes-en, toi aussi! Mets-toi de leur bord, tant qu'à faire!

Je suis de ton bord à toi, Clo, tu le sais bien, mais quand même…

Mes mots se sont perdus dans le fracas de la porte quand Clo est sortie en la claquant pour aller passer le reste de la soirée à la brasserie et je n'ai pas pu lui parler de mon dilemme concernant l'argent réservé au salon de coiffure et l'achat éventuel d'un atlas de la Lune.

Ça m'apprendra.

Et j'ai passé le reste de la journée à bretter en soupesant les deux possibilités.

L'éclipse lunaire

Tu connais les éclipses lunaires, évidemment. Elles se produisent lorsque la Lune est pleine et qu'elle est bien alignée avec le Soleil et la Terre. Pendant l'éclipse, la Lune devient invisible, car elle passe à travers l'ombre de notre planète.

Les mythes et les légendes fourmillent d'explications à ce sujet. Par exemple, les Indiens de l'Amazonie croyaient qu'ils lui devaient leur existence, conséquence de la rencontre tumultueuse de Nantu, la Lune, et d'Etsa, le Soleil, qui donnèrent naissance à leur ancêtre. En Afrique, une histoire semblable raconte que l'éclipse est causée par l'accouplement de Mawu, la Lune, et de Lisa, le Soleil, qui sont tous deux les créateurs de l'humanité et les facettes d'un seul et même dieu.

Johanne s'est pointée la première. En fait, on a d'abord été prévenues de son arrivée par son fils Samuel qui donnait des coups de pied dans la porte alors que sa mère montait l'escalier en tenant sa petite fille par une main et un gros paquet dans l'autre. Elle était visiblement contente :

Ça fait bizarre d'être invitée à dîner, ça m'est encore jamais arrivé !

Elle a tourné sur elle-même avant d'ajouter :

J'ai mis mon nouvel uniforme de travail d'été, comment vous me trouvez? C'est ce que j'ai de plus chic!

Elle portait une blouse sans manches transparente et un short blanc, lui aussi. C'est vrai qu'il faisait déjà chaud au coin d'Ontario et Davidson, bien qu'il ne fût pas encore midi. Mais ce sont ses souliers que j'ai remarqués en premier: des sandales rouge vif comme le vernis de ses ongles d'orteils et de ses doigts.

Johanne avait insisté pour contribuer au repas en fournissant deux pâtés au poulet confectionnés à la Cuisine collective et qui achevaient de décongeler. On les a mis au four tout de suite.

On avait nettoyé l'appartement de fond en comble et Johanne s'est exclamée:

C'est beau, c'est propre, chez vous, les filles!

Puis elle a examiné, en hochant la tête, les trois reproductions de Pellan que Clo avait accrochées au mur du salon le matin même. Ça a eu l'air de lui plaire, même si elles étaient croches. Penses-tu que Clo s'était donné la peine de prendre des mesures et de réfléchir à la disposition des tableaux avant de planter les clous que le gars de la brasserie lui avait donnés avec le marteau? Ben voyons! Elle a suivi son instinct, évidemment. Elle a procédé selon sa bonne vieille habitude, par essais et erreurs, si bien qu'elle a fait une douzaine de trous en trop et que j'ai dû vivre avec cette asymétrie jusqu'à ce qu'elle sorte, le lendemain, et que je puisse corriger la situation.

Clo a entraîné Johanne dans sa chambre, je ne sais pas pourquoi, et elle a refermé la porte. On les entendait rire fort. Et pendant ce temps, Samuel a réussi à virer à l'envers l'appart qu'on avait mis des heures à ranger. Il a sauté sur le lit de Lucie, puis il a fait tomber toutes ses statuettes et le hibou s'est retrouvé par terre en mille miettes. Lucie a lancé un grand cri et les deux conspiratrices sont accourues.

C'est pas grave, Lucie, je vais t'en acheter un autre dès demain, promis, promis, promis.

J'ai dit ça comme ça, pour qu'elle arrête de crier, même si je n'étais pas certaine que les magasins seraient ouverts le lendemain. On a eu peur que notre coloc perde la boule et que la fête se transforme en gâchis avant même d'avoir commencé, mais on a éloigné Samuel et Lucie s'est calmée.

En organisant ce dîner, Clo voulait souligner la Saint-Jean, car elle est très indépendantiste puisque tout le reste de sa famille est farouchement fédéraliste et qu'elle ne fait rien comme le reste de sa famille. Moi, ces affaires-là me laissent indifférente. Qu'ils fassent ce qu'ils veulent. Mais Clo s'intéresse à la politique et, depuis quelque temps, elle sort souvent le soir avec sa casserole pour aller manifester au parc Émilie-Gamelin. Il y a quelques jours, elle a assisté à un spectacle de Loco Locass avec Johanne qui avait réussi à caser ses enfants chez sa voisine. C'est une chose rare, il paraît, parce que personne ne veut garder Samuel. À peu près trente mille personnes s'étaient rassemblées pour les entendre. J'en ai vu des extraits sur Internet. J'aurais pu les accompagner, mais me vois-tu parmi trente mille personnes !

Je me doutais bien que Clo ne préparait pas cette fête juste à cause du Québec et sûrement pas pour souligner l'anniversaire de Jean Charest qui tombe ironiquement le même jour. Elle avait sa petite idée en tête : en mettre plein la vue à sa chère sœur et finir par obtenir l'argent nécessaire pour partir sa *business* au plus sacrant.

Prenant peur devant les assauts répétés de Samuel, Ti-chat s'est réfugié sous mon lit, puisque la chambre de Lucie venait d'être déclarée zone sinistrée, et aussitôt qu'il a pu, il a demandé la porte en vitesse. J'aurais aimé faire comme lui: trop d'agitation au coin d'Ontario et Davidson. Johanne, qui suivait son fils à la trace, nous a expliqué qu'il avait un déficit de l'attention. Franchement, on n'était pas tellement surprises. Clo a eu la bonne idée de l'installer devant l'ordi, ce qui nous a procuré un moment de répit.

Pendant que Lucie se dépêchait d'effacer le passage dévastateur de l'ouragan Samuel dans sa chambre et en attendant les autres, on a commencé, Clo, Johanne et moi, à mettre la table. Comme on manquait de chaises pour faire asseoir tout ce monde, Clo avait convaincu le patron de la brasserie, à qui elle fait les yeux doux ces derniers temps, de nous en prêter quelques-unes. Je pense qu'elle lui fait faire des bouts d'essai parce qu'elle cherche un remplaçant au jeune premier qui incarnait le rôle d'homme de sa vie jusqu'à récemment et qui a été appelé sur un autre tournage. Façon de parler, évidemment. J'ai eu raison de ne pas me donner la peine d'apprendre son nom, à celui-là non plus.

Marie-Odile a stationné sa Mercedes noire décapotable juste devant notre porte, ce qui a attiré l'attention des voisins et des clients de la brasserie qui n'ont pas l'habitude de voir des autos comme ça au coin d'Ontario et Davidson. Elle a donné un coup de klaxon pour nous signaler son arrivée, un petit coup sec et chic, et on est descendues l'aider à monter le bouquet de fleurs, la grosse boîte de macarons et les cinq bouteilles de vin qu'elle avait apportés. Elle nous connaît déjà, Lucie et moi, mais j'ai bien vu son air qui en disait long, même à quelqu'un comme moi, quand Johanne s'est approchée d'elle pour la saluer chaleureusement, et qu'elle l'a examinée bien tranquillement des pieds à la tête en lui tendant la main. Elle a dû remarquer en premier, elle aussi, les sandales rouge vif.

Tout est impeccable chez la sœur de Clo. Pas une mèche de cheveux qui dépasse, pas une tache ni le moindre fil pendant ou bouton manquant. Ses sandales sont du même beige que sa jupe, sa blouse et son sourire, si on peut dire ça comme ça. Et ses yeux? Quand on cherche à les apercevoir, derrière les lunettes teintées, on frappe un mur. Ils sont parfaitement agencés, eux aussi, au reste de la tenue, et ne laissent rien voir des humeurs de leur propriétaire, sauf quand ils se posent sur Clo. Si un client éventuel peut détecter les effluves généreux du parfum de Johanne jusqu'au coin de la rue, il en va tout autrement pour celui de Marie-Odile qui ne se perçoit qu'au moment où on est autorisé à pénétrer dans sa bulle.

Sur ces entrefaites, et en même temps que la femme rousse et sa fille descendaient de leur Toyota Yaris, Emilio est arrivé sur son vélo, ses cheveux longs dans le visage, un large sourire immaculé et sa guitare suspendue à l'épaule, car je ne sais pas si je te l'ai dit, mais c'est un musicien. Un très bon musicien, même.

Il a sorti de son sac à dos trois statuettes emballées dans du papier journal, celles de Clo et de Lucie font partie de la série de personnages étranges qu'il fabrique au Pec. Il m'a expliqué que son cousin Alberto les vendait sur la place Jacques-Cartier et que ça lui rapportait un peu d'argent. La mienne représente une fille très élancée, un pied dans les airs et l'autre posé sur une sphère tronquée. On dirait vraiment qu'elle veut s'envoler. Sa tête a la forme d'un croissant de Lune. Je lui ai dit :

J'ai jamais rien reçu d'aussi beau de toute ma vie, Emilio.

Et c'était la pure vérité, si on fait exception de la bague surmontée d'une améthyste de ma tante Violette. Les cadeaux qu'on m'offrait, du temps de Petite-Rivière, étaient, la plupart du temps, dépourvus de signification pour moi. Si j'exprimais le désir de collectionner les roches ou les timbres, on m'achetait une Barbie, une tête à coiffer et un mini four micro-ondes parce qu'on voulait faire de moi une fille ordinaire dont les parents peuvent être fiers, si tu vois ce que je veux dire. Ces objets-là ne faisaient pas long feu : ou bien je les réduisais en pièces pour les intégrer à mes bricolages, ou bien je les donnais aux filles de l'école dans l'espoir de me faire des amies.

Alice était très pressée d'offrir son petit paquet garni d'un chou à sa grand-mère et Jeanne lui a demandé de patienter au moins jusqu'en haut de l'escalier. La petite lui a révélé le contenu du cadeau avant que Lucie n'ait eu le temps de l'ouvrir. Notre coloc était dans tous ses états en déballant le bricolage réalisé à la garderie.

Jeanne a déposé ses sacs sur le comptoir : des fromages et une grande variété de fruits. Emilio, qui est végétarien, semblait bien content à l'idée d'avoir quelque chose à se mettre sous la dent et il a aidé Jeanne à garnir le plateau qu'elle avait apporté.

Lucie a voulu montrer sa chambre à Jeanne et à Alice. Je les ai suivies, par curiosité, mais je suis restée postée dans l'embrasure de la porte. Jeanne observait chaque élément du décor avec beaucoup d'attention et elle s'est arrêtée longtemps devant l'œuvre que Lucie avait réalisée au cours de sa rencontre à la Maison des femmes.

C'est un dessin aux crayons de couleur censé représenter les différentes étapes de la vie de son auteure, mais il n'est pas facile à comprendre. On y voit des bonshommes allumettes dont plusieurs portent des jupes transparentes. Ils sont debout au milieu de cercles concentriques comme des flaques d'eau. Dans la partie gauche de l'image, des nuages laissent échapper des gouttes de pluie et, plus loin, on voit des soleils, des maisons, des arbres et des fleurs comme les enfants les dessinent. L'ensemble de l'illustration occupe une bande étroite qui traverse toute la largeur de la feuille, comme une sorte de trottoir, alors que le reste de la page est vide. Pendant que Jeanne examinait le dessin, notre coloc montrait des patrons de tricot à sa petite-fille pour lui faire choisir son modèle préféré.

Clo s'est approchée de moi et m'a glissé à l'oreille :

Jeanne ignore forcément qu'à part quelques guenilles, le petit tiroir contient tout ce que Lucie a réussi à rescaper du naufrage de sa vie. Ça fait bien peu de chose au bout de tant d'années, pas vrai ?

Oui, bien peu de chose, si on considère que Lucie a quand même soixante-douze ans. Clo s'inquiétait : est-ce que Lucie serait capable, elle qui n'en a pas l'habitude, de supporter autant de joie sans péter une *fuse* ? Elle s'est approchée de Jeanne et lui a demandé, à voix basse, si elle pensait que son ex accepterait de revoir sa mère, un jour. Jeanne a haussé les épaules : il valait mieux ne pas trop compter là-dessus.

Clo s'en fait beaucoup pour les autres, c'est la raison pour laquelle elle est portée à se mêler constamment de leurs affaires et à se mettre dans le trouble jusqu'aux oreilles. Comme si le trouble était une espèce de mare dans laquelle on peut s'enfoncer.

On est retournées au salon. Marie-Odile, appuyée contre la fenêtre, sirotait son vin blanc en discutant avec Jeanne au sujet du carré rouge que celle-ci avait épinglé à son chemisier. On voyait qu'elles ne partageaient pas du tout la même idée sur la question. D'ailleurs, on aurait dit que le ton commençait à monter quand Emilio, entouré des trois enfants, a sorti sa guitare. Franchement, il y avait de l'ambiance au coin d'Ontario et Davidson, en ce 24 juin 2012.

Élodie, la petite sœur de Samuel, était assise dans un coin avec sa poupée. Elle est tout le contraire de son aîné et me fait penser à moi, au même âge. Elle regardait par terre et se parlait à elle-même à voix basse. C'est comme si elle venait d'ailleurs. Je suis allée m'asseoir à côté d'elle, mais je n'ai pas ouvert la bouche et je ne l'ai pas touchée parce que je me souvenais très bien que ça me déplaisait au plus haut point et même que je piquais une crise quand des inconnus me tripotaient les cheveux, me pinçaient les joues ou m'embrassaient. Ses yeux, que j'ai croisés très brièvement pour ne pas l'importuner, sont deux planètes lointaines que survolent de légers nuages diaphanes.

Johanne semblait surprise de nous voir assises ensemble et elle a dit :

Vous avez l'air de bien vous entendre, toutes les deux.

J'ignore pourquoi au juste, car j'aime mieux me mêler de mes affaires d'habitude, je lui ai proposé de garder sa fille, des fois. Elle n'avait qu'à me téléphoner, n'importe quel soir de la semaine, mais, par contre, je ne saurais pas m'occuper de Samuel. Emilio, qui nous écoutait, a ajouté :

J'emmènerai ton gars jouer au soccer, dans le parc.

Va donc savoir pourquoi les yeux de Johanne se sont remplis d'eau comme deux lacs au printemps.

Fred, le gars de la brasserie, est arrivé avec une caisse de bière et on s'est mis à table. Jeanne est allée chercher Élodie, qui était toujours dans son coin avec sa poupée, et l'a fait asseoir à côté de sa fille. La petite l'a suivie docilement, mais elle ne répondait pas aux nombreuses tentatives de rapprochement d'Alice. Elle regardait ailleurs.

Clo, très fière de son coup, a sorti son entrée du frigo et on l'a applaudie, car l'effet était réussi : elle avait garni une grande assiette de fines tranches de saumon fumé recouvertes de lamelles de betteraves jaunes sur lesquelles des fleurs de mayonnaise aux câpres avaient été disposées çà et là au moyen d'une poche à douilles. Inutile de préciser que Marie-Odile avait fourni la matière première et que ça nous changeait considérablement du macaroni Kraft.

La soupe aux légumes que Lucie avait préparée sous l'œil inquiet et sceptique de Clo qui, on le voyait bien, voulait que tout soit parfait, me rappelait assez celle de ma mère, qui était une soupe aux légumes des plus normales. Entre la soupe et le plat principal, Marie-Odile s'est levée de table pour aller regarder par la fenêtre. Clo lui a lancé :

T'as raison de t'en faire pour ton beau char, Marie-O. Les pauvres sont mal élevés, ils pourraient bien te l'égratigner juste pour le plaisir de voir ta tête !

Marie-Odile a haussé les épaules et est revenue s'asseoir comme si de rien n'était.

On a tous redemandé une deuxième part du fameux gâteau au chocolat fait maison sans sachet ni rien, de

Lucie. Il faut dire que Clo, qui n'avait pas cessé de lui tourner autour, avait surveillé les opérations. Lucie avait beau prétendre qu'elle avait déjà confectionné les meilleurs gâteaux au monde, jadis, pour son fils, l'affaire ne datait pas d'hier et la mémoire de Lucie, sans parler du reste, avait connu bien des avaries depuis ces temps lointains.

Clo n'avait jamais fait le moindre gâteau de toute sa vie, ni au chocolat ni à quoi que ce soit, mais elle est allée consulter Google et a rappelé à Lucie l'importance d'ajouter des œufs, du beurre, de la poudre à pâte et de tourner le bouton du four à 350°. Comme le gâteau penchait d'un côté, que le glaçage était raboteux et qu'il en manquait par endroits, Clo avait joué de la poche à douilles et camouflé les plus grosses imperfections avec des pâtes d'amande subtilisées à l'Institut d'hôtellerie. Mais bon, c'est le résultat qui compte et le gâteau de Lucie a fait l'unanimité, ce qui lui a donné des airs de grand-mère assez crédibles.

Johanne, debout, son verre à la main, nous racontait sa plus récente aventure, rue Sainte-Catherine, en prenant soin de traduire les passages les plus salaces en anglais à cause de la présence des enfants. Clo et Fred riaient encore aux éclats quand Samuel a tiré la nappe, renversant verres et tasses et mettant fin abruptement au repas qui avait duré bien assez longtemps, de toute façon.

Comme il faisait beau et que j'en avais marre de tout ce tintamarre, j'ai proposé à Emilio d'aller faire un tour au parc Maisonneuve, mais tout le monde a trouvé l'idée excellente et a décidé de nous accompagner, même Fred, qui avait réussi à se faire remplacer à la brasserie pour le reste de la journée et qui collait Clo de moins en moins discrètement. Leurs jeux de mains avaient commencé en dessous de la table, durant le repas. Je le savais parce que je reconnaissais les rires nerveux non équivoques de ma coloc. Si Emilio s'était comporté de la sorte, tu peux être sûre que je l'aurais planté là. Nos petites affaires ne concernent personne.

Et parlant d'Emilio, je me demande si c'est une bonne idée de continuer de le fréquenter, si on peut dire ça comme ça. Tu comprends, il a des projets à lui qu'il voudrait bien que je partage. Ça commence à m'empêcher de dormir, moi, ces histoires-là. Il affirme qu'un couple est un couple justement parce que les deux personnes qui le composent partagent des projets.

Couple ? L'idée ne me dit rien qui vaille. Rien du tout. Rien de bon en tout cas. Je ne me suis jamais imaginée comme l'une des deux parties qui forment un couple. Jamais. Décidément, j'ai beau le répéter sur tous les tons, couple, couple, couple, ce mot demeure suspect. Très suspect. J'en parlerais bien à Clo, mais je sais d'avance ce qu'elle me dirait. Elle me servirait un beau grand discours que je n'ai pas envie d'entendre le moins du monde, comme par exemple qu'il faut choisir dans la vie :

Qu'est-ce que tu préfères, Violette ? Qu'est-ce que tu préfères, hein ? Rester toute seule dans ton univers monotone et bien contrôlé où tout est prévu jusqu'à la fin des temps ou partager ta vie avec quelqu'un que t'aimes et faire des choses surprenantes ? Car tu l'aimes, non, Emilio ? Qu'est-ce que tu préfères ? Qu'est-ce que tu préfères ? Allez ! Pose-toi franchement la question ! Vas-tu le laisser partir comme une imbécile ?

Elle n'arrêterait pas de me seriner son discours jusqu'à ce que je finisse par cracher le morceau. Mais franchement, je n'en sais rien. Et ça m'embête, si tu vois ce que je veux dire.

Toujours est-il que toute la sainte famille s'est retrouvée au parc Maisonneuve, mis à part Marie-Odile qui était attendue dans l'ouest et qui regardait sa montre depuis un certain temps déjà.

Lucie s'est rendue au parc en auto, avec Jeanne et Alice. Clo, Johanne et ses enfants se sont entassés dans la camionnette de Fred, et moi, j'ai pris place sur la barre du vélo d'Emilio. J'ai fermé les yeux pour l'écouter me raconter n'importe quoi. J'étais bien, la tête appuyée contre sa poitrine, ça c'est certain. J'aime son accent. On voit tout de suite qu'il vient d'ailleurs, lui aussi. Mais c'est tout ce que je peux dire sur la question pour le moment.

Clo avait rempli une boîte vide de casseroles, de couvercles de métal et d'ustensiles de cuisine qu'elle a tenu à apporter au parc. Elle a déclaré qu'on ferait d'une pierre deux coups : on se baladerait tout en manifestant. Jeanne l'a approuvée joyeusement :

Bonne idée, Clo !

Question carré rouge, on voit qu'elles sont sur la même longueur d'ondes ces deux-là. J'ai remarqué aussi que Jeanne parle avec tout le monde, même si elle est la seule parmi nous à posséder une grande bibliothèque.

Tu aurais dû nous voir en procession bruyante à travers le parc ! Des enfants et quelques adolescents nous ont suivis, et même Lucie, d'habitude silencieuse, tapait vigoureusement sur sa casserole en criant avec les autres, sans sourciller le moins du monde :

À qui le parc, à nous le parc !

La loi spéciale, on s'en câlisse !

Ensuite, on s'est tous assis à l'ombre, sous un immense érable, et Emilio a joué de la guitare. D'abord, des pièces classiques, puis il a enchaîné avec des tounes qu'on connaissait et on a commencé à chanter en chœur, ce qui a attiré d'autres promeneurs qui se sont joints à nous.

C'était la plus belle Saint-Jean de ma vie. Rien à voir avec les quelques pétards mouillés qui nous tenaient lieu de feu d'artifice derrière la polyvalente de Baie-Saint-Paul, dans le temps où j'habitais encore par là.

Quand on a emménagé ici, au coin d'Ontario et Davidson, toutes les trois, on était loin de penser qu'on pourrait, un jour même pas si lointain, organiser une fête comme celle-là, Bérénice. Et je me suis mise à penser, en nous passant en revue, les uns et les autres, que s'il était vrai que la folie était liée à l'espace, au temps, aux limites et aux mots, elle avait sûrement aussi quelque chose à voir avec la famille.

Avant de m'endormir, j'ai ouvert le livre :

J'aime peu les loups, mais je préfère les loups aux chiens, parce que les loups préfèrent se dévorer entre eux à se faire promener au bout d'une laisse sur un trottoir pour faire leurs petits besoins.

La mer des Pluies

La mer des Pluies, en latin, *mare Imbrium*, est située sur la face visible de la Lune. Elle s'est formée à la suite de l'inondation par la lave d'un cratère d'impact géant préexistant. Son diamètre est de 1 123 km. C'est la deuxième plus grande mer après l'océan des Tempêtes. Son bassin est entouré de trois anneaux montagneux concentriques.

Je ne suis pas allée à mon atelier d'art, aujourd'hui, et je n'ai répondu ni au téléphone, qui a sonné toute la journée, ni à la porte, quand Emilio s'est présenté. Je savais que c'était lui parce j'ai jeté un coup d'œil par la fenêtre du salon. J'ai bien vu qu'il ne souriait pas du tout quand il a levé la tête vers notre appart. En fait, je ne suis pas sortie depuis la Saint-Jean, dimanche dernier.

Cette nuit-là, je n'ai pas réussi à fermer l'œil de la nuit. Je me revoyais dressant la table, proposant à Johanne de garder sa fille, participant à ce dîner animé, frappant sur ma casserole au parc et chantant avec les autres. Je me revoyais et je ne comprenais pas. Que se passait-il donc avec moi? Où est-ce que je m'en allais comme ça? Je ne comprenais pas, pas du tout, et j'ai été envahie par un grand malaise. Un malaise que je n'arrivais pas à nommer.

Je voulais simplement ne rien voir, ne rien entendre, ne rien dire, ne rien attendre, ne rien faire. Tu comprends?

Heureusement, le frigo débordait des restes de notre fameux festin et je n'ai eu qu'à y grappiller fruits, fromage, saumon fumé et autres friandises pour ne pas mourir de faim.

Clo était radieuse, évidemment. Elle a invité Fred à coucher. Et Lucie a ajouté une chanson de Trenet à son répertoire, ce soir-là : *Y a d'la joie, bonjour, bonjour, les hirondelles.* Le lendemain matin, après le départ du gars, Clo, encore tout excitée, a débarqué dans ma chambre pour qu'on parle de la ma-gni-fi-que journée de la veille et surtout de Fred, le mer-veil-leux Fred.

En voyant mon air, elle est vite redescendue de son petit nuage rose et il ne lui a pas fallu deux minutes pour comprendre qu'on n'allait pas se congratuler. Alors elle s'est mise à m'engueuler comme du poisson pourri, me traitant de tous les noms et criant que si j'y tenais, à ma vie de hamster en cage qui passe ses journées à courir dans sa roue, grand bien me fasse, mais elle n'allait pas me supporter plus longtemps. On formait une belle famille, hier, crisse de câlisse, et si j'étais trop bête pour m'en apercevoir…

Je lui ai coupé la parole :

Une belle famille, Clo ?

Exactement. Une belle famille et tu peux pas dire le contraire !

Non, mais qu'est-ce qu'on en a à faire d'une belle famille ? J'ai quitté la mienne parce qu'elle me donnait de l'eczéma, Clo a fait la même chose, la belle famille de Lucie est tombée en miettes, sans parler de celle de Johanne. C'est ça son but, dans la vie, qu'on se refasse une belle famille ? Elle ne porte plus à terre parce qu'elle est en amour ? Elle a rencontré l'homme de sa vie, le centième, mais cette fois, c'est la bonne, ils vont être heureux jusqu'à la fin des temps et fonder une belle famille? Il ne se sauvera pas comme les autres, celui-là, quand elle va grimper dans les rideaux et lui faire des scènes pour des peccadilles. Parce qu'elle va bien finir par grimper dans les rideaux, c'est juste une question de jours. Ou bien c'est lui qui sera appelé ailleurs : il s'était arrêté en passant et il continuera son chemin sans se retourner. Merci beaucoup, c'était vraiment cool. Rendu au coin de la rue, il aura oublié son nom. On le connaît, le scénario, pas vrai?

Clo a serré les dents :

T'as-tu fini de tout salir? Qu'est-ce que tu cherches? Tu veux que je me sente nulle? Tu penses que rien de bon pourra jamais m'arriver, à moi. Que jamais personne m'aimera pour vrai. C'est ça? Je mérite pas d'être heureuse, c'est ça que tu penses? Alors je devrais m'enfermer ici avec toi et rien attendre, rien tenter, rien espérer, c'est ça?

C'est pas ce que je dis, Clo.

Selon elle, c'était exactement ce que je disais. Je n'arrivais pas à vivre et ça me dérangeait de voir les autres s'accrocher, être heureux. Elle avait pensé que j'étais son amie, mais elle constatait que j'étais comme les autres, que je ne croyais pas en elle, moi non plus.

C'est pas ce que je dis, Clo.

Je ne répondais pas à Emilio? C'était déjà un miracle que j'aie réussi à dénicher quelqu'un d'assez *weird* pour être attiré par les hamsters et j'allais le laisser filer parce que sa présence bouleversait trop mes petites habitudes. J'avais un choix à faire, j'étais rendue à un carrefour. Pas question de se taper ma gueule de *fuckée* plus longtemps.

Lucie et elle étaient bien décidées à aller de l'avant et si je refusais de bouger, faudrait que j'aille jeter de l'ombre ailleurs. Elle en avait par-dessus la tête et elle ne voulait plus rien savoir de moi.

T'as-tu compris, Violette? C'est-tu assez clair pour toi ou si tu veux que je te le répète? Tousse, tousse tant que tu veux. Étouffe-toi si ça te tente!

Va chier, Clo!

Par l'entrebâillement de la porte, j'ai aperçu Lucie qui faisait les cent pas dans le corridor en frottant ses mains l'une contre l'autre. Elle a lancé un petit cri quand Clo a donné un coup de pied dans ma boîte de Prismacolor qui était restée sur le plancher, par-dessus ma pile de dessins classés en rang de grandeur. Des crayons ont roulé jusqu'à ses pieds, et Lucie s'est précipitée pour les ramasser pendant que Clo sortait en sacrant.

Clo voulait-elle vraiment que je parte définitivement de l'appart? N'étais-je pas autant chez moi qu'elle, au coin d'Ontario et Davidson? Où irais-je? Cette question, qui m'avait tellement tourmentée depuis mon arrivée à Montréal, ne m'avait plus traversé l'esprit à partir du jour où on avait emménagé ici. J'y étais une fois pour toutes, si on peut dire ça comme ça.

J'avais quitté le sous-sol de la maison de ma tante Diane à la fin de ma première année de cégep, une cohabitation pacifique étant devenue impossible. Tout chez moi l'exaspérait: ma prononciation, mon vocabulaire, mes sujets de conversation, mes activités, ma tenue vestimentaire, ma manie de toujours tortiller le coin de ma veste, la manière dont je plaçais les aliments dans mon assiette ou dont je déposais la vaisselle dans les armoires et jusqu'à ma façon de respirer.

Elle m'avait aidée à dénicher une chambre au centre-ville, près du collège, où je vivotais avec ma bourse d'études et ma déprime. Puis, Clo m'avait invitée chez elle, ce qui était une manière de me sauver la vie, et j'y étais restée jusqu'à ce que ses parents l'expulsent de la maison pour l'envoyer en cure. J'avais ensuite loué une autre chambre avant de me retrouver à la rue et, au bout de quelques semaines, j'étais revenue à la case départ, dans un état lamentable. Ma tante, après avoir épuisé toute sa patience et toute son incompréhension, façon de parler, m'avait dirigée avec empressement vers l'hôpital.

Est-ce que tu peux te représenter ce que ça signifie, pour une personne comme moi, d'habiter dans une maison de chambres?

Tu ne connais pas tes voisins, mais tu les entends vivre à travers les murs en carton qui te séparent d'eux. Tu te réveilles en pleine nuit à cause d'engueulades, de transactions dans les couloirs, de rixes, ou de télés qui hurlent à n'importe quelle heure et de bruits que tu ne reconnais pas. Quelqu'un qui se trompe de porte tambourine sur la tienne qu'il menace de défoncer : Ouvre-moi, ma maudite!

Tu ne dis rien, tu ne bouges pas. Tu attends que ça passe. Tu as peur et tu as beau réciter tous les noms de couleur que tu connais, tu trembles jusqu'au matin. Je te le dis. Ces murs-là ne te protègent pas, comprends-tu? Quand tu fermes les yeux, tu as l'impression qu'ils se sont évanouis. Tu pousses la commode contre la porte, tu te réfugies dans la penderie, mais rien n'y fait. Alors tu les gardes ouverts.

Après quelque temps, tu n'en peux plus et tu décides de déménager tes pénates dans un coin bien caché du cégep.

Plus les jours passent, plus on te regarde bizarrement. Ton linge est sale, tu es sale. Tu longes les murs. Tu fixes le sol en te balançant d'avant en arrière et en tournant un coin de ton vêtement entre tes doigts. Tu n'es plus en mesure d'assister à tes cours, tu dors debout le jour ou tu t'affales dans un fauteuil de l'auditorium et tu gardes l'œil ouvert durant la nuit parce que les bruits te font peur, là aussi.

On finit par te trouver. On t'offre une aide institutionnalisée que tu refuses avec l'énergie du désespoir. On te met à la porte et tu traînes ton baluchon dans la jungle féroce que se disputent ceux qui n'ont nulle part où aller et que personne n'attend. Qui mendient, qui chipent ce qu'ils peuvent, qui fouillent les poubelles, qui boivent, qui se gèlent, qui parlent tout seuls, qui se battent entre eux, qui chantent à tue-tête sur un banc de parc, qui ramassent des mégots, qui s'endorment, couchés contre leur chien.

Tu marches pour ne pas mourir.

Tu sais que ça ne pourra pas durer, mais tu es incapable de penser plus loin que le bout de ton nez. Tu ne peux plus rêver sous peine de mort subite. De toute façon, il faut des mots pour rêver et ceux que tu connaissais sont devenus des coquilles vides. L'horizon s'est rapproché de toi. Il te cerne maintenant où que tu ailles. Il est devenu rond. Le temps s'est fractionné en minuscules parcelles et tu vas de l'une à l'autre comme une aveugle, tâtant le terrain devant tes pas du bout d'une canne imaginaire. Tu tombes en pâmoison devant les vitrines des salons de coiffure que tu croises sur ta route qui n'est pas une route mais une sorte de cercle dans lequel tu piétines.

Tu marches d'une ressource à une autre à la recherche d'un repas, d'une douche, d'un abri et tu erres toute la journée. Dans les dortoirs des refuges, tu entends le bruit assourdissant de ta peur qui bat la chamade dans tes oreilles et qui, avec celle des autres, forme un maelström d'angoisse inextricable. Tu perds tes propres frontières. Tu es les autres, vous êtes la même personne, le même cri, si on peut dire ça comme ça.

Je l'avais pourtant tournée, cette page-là. Bien tournée. Définitivement. J'ai monté le volume de ma radio et, tortillant un coin de mon t-shirt, j'ai récité le nom des couleurs, de toutes les couleurs. Puis j'ai pris une longue douche. J'ai fermé les yeux et j'ai laissé couler l'eau sur moi jusqu'à ce qu'elle emporte toutes mes vieilles pensées et qu'elle devienne trop froide. Ensuite, j'ai décidé d'ignorer les paroles de Clo après avoir conclu qu'elles avaient dépassé sa pensée. Oui, elles avaient sûrement dépassé sa pensée. Clo tire toujours plus vite que son ombre.

Comme d'habitude, j'ai préparé mon itinéraire de marche du lendemain, mais pour la première fois de ma vie, j'ai rebroussé chemin bien avant de l'avoir complété et je suis retournée me coucher. Donc, depuis huit jours, à part cette sortie manquée, je suis restée enfermée dans ma chambre, en pyjama, avec ma radio qui griche, ne me levant que pour l'essentiel.

Quand mes colocs sont revenues de leur atelier à la Maison des femmes, le téléphone sonnait toujours. Clo a décroché et je l'ai entendue dire :

Elle refuse de te parler ? Rejoins-moi à la brasserie, je vais t'expliquer deux-trois affaires à son sujet.

Et elle est sortie en coup de vent sans m'adresser la parole.

J'ai ouvert le livre :

Mon cœur, je l'arrache, le jette dans le fleuve.

Au bout d'une heure et douze minutes, Clo est remontée avec Emilio qui a frappé doucement à ma porte, est entré dans ma chambre, a refermé derrière lui et s'est allongé à mes côtés sans rien dire, se contentant de tracer avec son index des spirales très légères entre mon poignet et mon coude, montant et redescendant jusqu'à ce que je finisse par poser la tête sur sa poitrine. J'entendais battre son cœur, mais il me semblait aussi percevoir la respiration de Clo, de l'autre côté de la cloison.

Ce qu'il y a de bien avec Emilio, c'est qu'il est capable de se la fermer tout en étant présent. Il fallait que je lui dise quelque chose, mais ça m'a pris au moins une heure avant de réussir à trouver les premiers mots :

Tu comprends, Emilio, depuis des années, je m'applique à devenir transparente.

Transparente ?

Oui. Voir les choses comme elles sont, strictement comme elles sont, les observer de loin, pas m'en mêler. Je me suis tracé un plan que j'ai suivi à la lettre, comme une bonne élève. Jusqu'à ce que je te rencontre, j'avais une vie bien organisée. Clo dit que je menais l'existence d'un hamster en cage. J'en ai rien à faire, de son opinion. C'était ma vie, tu comprends ? Et elle m'allait comme un gant.

Je me suis tue le temps de me redresser, de m'appuyer le dos au mur et de trouver les mots pour continuer. Mes cheveux défaits cachaient mon visage et c'était très bien comme ça. Emilio s'est relevé aussi puis, comme je restais silencieuse, il a repris mes mots :

Une vie bien organisée…

Oui, une vie qui se suffit à elle-même. Une vie qui n'attend rien, qui ne demande rien. Une vie qui est, c'est tout. Depuis quelques mois, ma vie tenait en équilibre, mais voilà que tout s'embrouille, que tout tangue.

Emilio a répété :

Que tout tangue ?

Je lui ai expliqué ce que ça signifiait. J'avais raison de dire que je parlais de plus en plus souvent comme le reste du monde, maintenant, en employant naturellement des expressions de mon lexique. Il m'arrive même parfois de déclarer des choses que je ne pense pas, pour faire plaisir, pour me mêler à une conversation, pour être avec les autres.

Des larmes ont commencé à couler sur mes joues, ne me demande pas pourquoi. Emilio a recommencé à tracer des spirales sur mon bras et il a dit :

C'est peut-être pas tellement grave d'être un petit peu comme les autres.

Pas tellement grave ? Mais c'est très grave, au contraire. Extrêmement grave !

Comment ça ?

Plus rien ne tient debout tout seul maintenant. Et tout est trop grand, bien trop grand pour moi. J'essaie de m'accrocher à ce qui m'intéressait avant, mais le cœur n'y est plus. Je fais semblant, tu comprends-tu ?

On est restés enlacés, comme ça, sans parler, jusqu'à ce qu'il parte à son travail. Et puis, après avoir fait rouler la bague surmontée d'une améthyste autour de mon annulaire pendant plusieurs minutes, j'ai ouvert le livre :

Je suis contre l'amour. Je me révolte contre l'amour comme ils se révoltent contre la solitude.

La mer de l'Ingénuité

La mer de l'Ingénuité, ou *mare Ingenii*, en latin, est l'une des rares mers situées sur la face cachée de la Lune. Cette face est très différente de l'autre et le nombre de cratères y est beaucoup plus important. Elle possède la plus profonde cicatrice connue du système solaire : le bassin Pôle Sud-Aitken de 2 500 km de diamètre.

Clo est allée passer quelques jours sur la côte est américaine avec Fred qui s'est fait remplacer à la brasserie pour l'occasion. On ne s'était pas adressé la parole depuis l'engueulade du lendemain de la Saint-Jean, on s'évitait, tout simplement, comme deux aveugles qui se croisent, mais avant de partir, elle a collé un petit message sur la porte de ma chambre :

Pense à ton affaire durant mon absence. On reparlera de tout ça à mon retour, la semaine prochaine.

Pense à ton affaire, pense à ton affaire…

J'ai essayé de reprendre mes activités d'avant, mais le cœur n'y était pas, pour parler comme tout le monde. Je ne pense presque jamais au salon de coiffure, maintenant, et je n'ai plus tellement envie de changer de tête. Ça me faisait un but dans la vie, je l'ai perdu, et ce n'est pas si facile à trouver, des buts, dans la vie.

J'ai voulu offrir ma collection de cartes professionnelles à Lucie, j'en ai maintenant deux cent trente et un, qui m'a regardée, interloquée :

C'est ben fin, mais qu'est-ce que tu veux que je fasse avec ça ?

Quand je propose de lui raconter le fameux rêve dont elle raffolait encore il n'y a pas si longtemps, elle me répond :

Pas maintenant, peut-être plus tard, d'accord ?

J'avoue que sans Clo, l'appart est un vrai cloître. Lucie continue sa vie comme d'habitude. À 17 h 30, elle a déjà soupé et s'installe au salon en robe de nuit, la passe dans les cheveux, les seins flottant à la taille, les jambes boursouflées de varices allongées sur le pouf, les pieds glissés dans ses pantoufles en minou rose. Elle regarde la télé en tricotant le reste de la soirée, trimballant du salon à sa chambre le petit ventilateur que lui a donné Jeanne, quand sonne l'heure de se coucher. Il ne faut pas que je compte sur elle pour me distraire. Clo me dirait :

Tu dois être heureuse. Pas de surprises ni désordre, juste du bon vieux prévisible.

Quand Lucie rentre de ses visites au parc Molson, le plus souvent raccompagnée par Jeanne et Alice, en auto climatisée, elle me répète les deux ou trois phrases fantastiques que sa petite-fille lui a dites et puis elle se la ferme jusqu'à l'heure du concert nocturne. Ce soir, elle m'a confié, les yeux brillants comme ceux d'une enfant assise sur les genoux du père Noël, que son fils accepterait peut-être de la revoir, au parc, un de ces jours. Lucie n'attend plus rien. Elle est presque arrivée là où elle espérait aller.

Alors, je lui ai demandé :

Comment tu vas faire pour le reconnaître, ton fils ? Depuis le temps…

Tu sauras qu'une mère reconnaît toujours son enfant, ma petite fille. De toute façon, je l'ai vu grandir et changer, au fil des années. Je l'ai suivi de loin, tu sauras.

Ce matin, je me suis rendue à la biscuiterie Oscar pour me remonter le moral. Dans la vitrine de la boutique, on avait affiché une offre d'emploi à temps partiel pour lequel j'avais le profil. Le profil parfait. Je ne meurs pas d'envie de travailler, mais je meurs d'envie de damer le pion (lexique, page 21) à Clo. Lui en boucher un coin, si tu vois ce que je veux dire.

J'ai fait les cent pas, façon de parler, sur le trottoir, avant de me décider à entrer, puis j'ai pris mon courage à deux mains et je me suis adressée à la vendeuse après avoir attendu que les clients furent tous sortis, ce qui a pris une quarantaine de minutes. Je toussais un peu, mais pas trop, et je me suis croisé les doigts pour éviter de tourner ma bague ou le coin de ma blouse, ce qui énerve les gens. Je lui ai dit, avec une voix forte et pleine d'assurance, que s'il y avait une personne au monde qui connaissait le fonctionnement d'une caisse enregistreuse, c'était bien moi. De plus, je pouvais lui nommer à peu près tous les produits vendus dans le commerce et leur prix aux cent grammes. J'ai même ajouté que j'étais la candidate idéale.

Ce n'est pas dans mes habitudes de me vanter, mais il paraît qu'il faut faire son autopromotion quand on pose sa candidature quelque part. Alors j'ai mis le paquet (en mettre plein la vue, en donner plus que le client en demande, donner son maximum, lexique, page 13) et je lui ai dressé l'inventaire de mes principales qualités : propreté, conscience professionnelle, ponctualité, précision, honnêteté, mémoire, bonne maîtrise du français écrit et parlé, première de classe en mathématiques, aptitude en dessin, connaissance des couleurs, des constellations et de la géographie lunaire. J'ai terminé en lui précisant que je pouvais commencer sur-le-champ et que j'étais disponible tous les jours sauf les mardis, jeudis et dimanches. J'ai voulu lui expliquer pourquoi mais, après m'avoir examinée des pieds à la tête en fronçant les sourcils, elle m'a coupé la parole en prétendant que le poste avait déjà été comblé.

Je suis revenue bredouille (manquer son coup, lexique, page 37) et, dans ce cas-ci, avoir l'air d'une vraie nouille), sans même avoir acheté de friandises.

Vers 11 h, j'ai vu passer Johanne qui se rendait à la brasserie puisqu'elle y travaille maintenant tous les jours jusqu'à 14 h. Les choses vont mieux pour elle aussi, on dirait bien. Elle a sonné à notre porte et s'est assise deux petites minutes avec moi dans la cuisine. Elle a dit que les gars de la place avaient l'air de l'apprécier, car elle se faisait de bons pourboires. Il y en avait même un qui venait souvent dîner pour jaser avec elle. Elle m'a demandé si je pouvais garder les enfants avec Emilio pour qu'elle puisse sortir, ce soir-là, car elle avait été invitée à souper.

Je n'avais pas parlé à Emilio depuis l'autre jour. Il semblait content, très content même, au bout du fil. On s'est donné rendez-vous chez Johanne. On a emmené les enfants manger au Chic Resto Pop, puis on est allés au parc Jacques-Blanchet, situé un peu plus au nord, rue Jeanne-d'Arc, car il faisait vraiment trop chaud pour passer la soirée enfermés dans l'appart.

Pendant que les enfants couraient dans les jeux d'eau, Emilio m'a demandé si je voulais qu'on mette notre plan à exécution et qu'on parte, dès le lendemain matin, parcourir la rue Sherbrooke vers l'ouest et dormir au parc René-Lévesque. J'ai accepté tout de suite, parce que franchement, j'aime être avec lui, qu'on étouffe au coin d'Ontario et Davidson et que, à son retour, Clo sera bien forcée de constater, en voyant ma chambre vide, que je ne mène pas une vie de hamster en cage comme elle l'a prétendu.

Le périgée de la Lune

Le périgée de la Lune, comme tout le monde l'ignore, est le moment de l'année où l'astre est le plus près de la Terre. La pleine lune est alors 14 % plus grosse que d'habitude et 30 % plus brillante ! Ça t'en bouche un coin !

Peu après leur retour des plages du Maine et pour briser la glace, je suppose, Fred et Clo nous ont invités, Lucie, Emilio et moi, à souper à la brasserie qui est climatisée, parce qu'il faisait bien trop chaud pour cuisiner dans l'appart. Clo avait choisi le menu et aidé à la préparation du repas, car elle essaie de mettre ses cours en pratique. On a eu droit à un potage à la courge, à une lasagne aux fruits de mer et à une mousse au chocolat.

On a regardé leurs photos de voyage sur le portable de Fred et j'ai vu que c'était du sérieux, leur affaire. Cette fois, je crois que Clo n'est pas la seule à être en amour par-dessus la tête. Assise à ma gauche, elle me passait le bras autour du cou à tout moment, jusqu'à ce que je finisse par lui dire :

Ça va, Clo, tu peux me lâcher, on n'est plus fâchées. Plus fâchées du tout. Et j'ai ajouté :

Finalement, t'es pas trop mal tombée, cette fois, avec ton escogriffe.

Les yeux pleins d'eau, elle a fait signe que oui et m'a glissé à l'oreille :

Pas un mot à ton chéri, mais j'ai mis ma sœur dans le coup. Tu sais que Marie-O est une avocate très réputée. Elle m'a promis de faire son gros possible pour aider à régulariser la situation d'Emilio. Tu vas voir qu'il va l'obtenir, sa citoyenneté, le petit Mexicain.

Clo, qui n'en pouvait plus d'être aussi contente, s'est levée en se dandinant et en reprenant à tue-tête la toune d'Ariane Moffat, qui jouait à la radio :

Quoi faire avec mon corps, le coucher tôt, le lever tard…

Elle s'est mise à circuler de table en table pour faire chanter tout le monde et a commencé à déboutonner sa chemise pour montrer son beau bronzage, ce qui est une vieille habitude chez elle, le déboutonnage, je veux dire, surtout quand elle est pompette. C'est comme si elle éprouvait alors un besoin irrésistible d'enlever tous ses vêtements et de se retrouver nue comme Ève au commencement du monde. Elle est peut-être mue par le désir de remonter aux sources et de repartir à neuf.

Les clients, du moins les habitués qui avaient eu l'occasion de la consoler lorsqu'elle allait noyer ses nombreuses peines d'amour à la brasserie, commençaient à frapper dans leurs mains pour l'encourager à continuer. Il me semblait d'ailleurs en reconnaître deux ou trois qui étaient déjà montés à l'appart. Mais il a suffi que Fred la prenne par la taille et lui donne un petit bec dans le cou pour qu'elle se calme et regagne sa place.

C'est bizarre, parce que Fred ne ressemble en rien aux gars qui posent torse nu sur le calendrier des pompiers affiché dans la chambre de Clo et qui l'ont beaucoup inspirée, ces derniers mois, si tu vois ce que je veux dire.

C'est un petit barbu maigrelet à lunettes, la tête garnie d'une grosse tignasse bouclée et qui est poilu comme un singe. Son visage porte encore les traces des nombreux boutons qui ont dû l'affliger à l'adolescence. Mais bon, les choses sont ce qu'elles sont et l'amour est aveugle, comme chacun le sait.

Remarque qu'aucun des gars du calendrier ne m'inspirerait confiance, à moi. Et puis, quand Fred pose son regard sur Clo, il se produit quelque chose d'étrange : on dirait qu'il suffirait de peu pour que le crapaud se transforme en prince charmant. Je suppose qu'à ses yeux à elle, il y parvient complètement.

Visiblement, car elle n'est pas la reine de la subtilité, Clo voulait nous parler, à Lucie et à moi. On la voyait tourner autour du pot depuis un bon moment en ricanant nerveusement. Elle avait recommencé à nous embrasser et à nous coller de plus belle. Ce qu'elle peut être fatigante quand elle s'y met ! Je me doutais bien de quoi il s'agissait, mais je n'allais quand même pas faire le travail à sa place :

Crache le morceau, Clo !

Voilà, ce qui devait arriver arriva : Fred l'a emmenée rencontrer un promoteur qui construit des condos, pas très loin, dans le quartier, car il lui a proposé d'aller vivre avec lui et elle a accepté, mais ce ne serait pas avant le printemps prochain, ce qui nous laisse amplement le temps de nous réorganiser, selon elle. Comme elle ne portait plus à terre (le contraire de terre à terre ou d'avoir les pieds sur terre, perdre contact avec la réalité, lexique, page 33), il était franchement difficile de ne pas se réjouir quand elle a déplié sur la table les plans de leur futur château.

Si je ne m'étais pas retenue, j'aurais tout de même eu envie de lui crier dessus, elle qui parlait toujours de so-so-so-solidarité et de la formidable famille qu'on formait, toutes les trois, mais Emilio m'a chuchoté à l'oreille :

Ça te donne pas une petite idée, Violette ?

Et Lucie qui, pour une rare fois, avait suivi la conversation d'un bout à l'autre, ne manifestait aucune inquiétude quant à son avenir. Son troisième verre de vin l'ayant ragaillardie, elle a applaudi :

On va être invités aux noces ! *I drink to that !*

Rien ne dure, je le sais. Les gens veulent toujours brasser des affaires et aller de l'avant, comme disent les charlatans.

Emilio est resté à la brasserie pour donner un coup de main à Fred et on est rentrées à l'appart. Lucie a filé dans sa chambre avec son petit ventilateur. Comme l'air était suffocant à l'intérieur, on s'est assises sur le balcon, Clo et moi, et on a parlé longtemps, bien longtemps après que Lucie eut terminé son concert, qui a été très bref, car elle était morte de fatigue et trop ivre pour se rendre jusqu'à la fin de ses chansons. Clo m'a demandé :

Et toi, comment ça se passe avec Emilio ?

Qu'est-ce que tu veux dire au juste, Clo ?

Comment ça va, vous deux ?

Je comprenais très bien le sens de sa question, mais j'ai voulu gagner du temps comme une hypocrite. Elle essayait de me tirer les vers du nez (cette expression me dégoûte et je n'ai pas voulu la noter dans mon lexique), mais je n'allais tout de même pas lui raconter nos petites histoires personnelles, même si je connais les siennes en long et en large, sans lui avoir demandé quoi que ce soit. Je me suis contentée de lui citer la phrase de Nietzsche qu'Emilio m'a d'abord dite en espagnol avant de me la traduire en français :

De quelles étoiles sommes-nous tombés l'un vers l'autre ?

La Lune cendrée

La Lune cendrée ne se donne pas à qui la réclame là, tout de suite. Elle ne peut s'observer que durant les jours qui précèdent la nouvelle lune ou qui la suivent, et ce, juste avant le lever du soleil ou immédiatement après son coucher. Le moment venu, si toutes les conditions favorables sont réunies, tu vois le fin croissant et tu aperçois le reste de la sphère baignant dans une lumière sombre et grise. La lumière émise par le Soleil se réfléchit une première fois sur la Terre, puis à nouveau sur la Lune avant de nous revenir, c'est pourquoi elle est 10 000 fois plus faible que celle de la pleine lune.

Clo veut nous convaincre de nous impliquer dans la campagne électorale qui vient d'être lancée, poursuivant ainsi, d'une manière des plus ostentatoires, sa grande entreprise de réinsertion. Évidemment, elle se fait un devoir de nous entraîner dans son sillage :

Les filles, joignez-vous à moi pour travailler à l'avènement d'un monde meilleur, d'un monde plus juste, plus vert, plus égalitaire, plus solidaire ! J'y consacrerai ma vie entière s'il le faut.

Pire qu'un prédicateur états-unien, elle a entrepris de nous rallier à sa cause dès l'aurore de son engagement, mais Lucie, plus futée qu'elle n'en a l'air, et pour régler la question une bonne fois pour toutes, a capitulé aussitôt :

Pour qui on vote, Clo ?

Paraît qu'on doit voter pour Québec solidaire parce que des péquistes, il y en aurait de camouflés jusque dans les contreforts de Westmount. Ils n'y sont pas nombreux, certes, mais c'est bien suffisant pour que le parti perde toute crédibilité. Alors la fenêtre du salon et le balcon sont placardés de photos du candidat du comté et des deux porte-parole. Plus moyen de regarder dehors. Plus moyen de laisser entrer la lumière.

Je lui réponds que je voterai pour le parti qui promettra la climatisation pour tous, car on crève dans l'appart. Elle me traite de traître qui ne pense qu'à battre en retraite, d'individualiste qui ne voit pas plus loin que le bout de son nez.

De toute façon, peux-tu m'imaginer tentant d'expliquer à monsieur et madame tout le monde (n'importe qui d'inconnu par les autres en général, un membre de la majorité silencieuse, quelqu'un qui ne compte pas vraiment et qui ne verra jamais sa face dans le journal ni à la télé, lexique, page 41) quelque chose que je ne comprends pas, même si Clo m'a rebattu les oreilles (écœurer son semblable à force de lui répéter plusieurs fois la même maudite affaire, lexique, page 5) de slogans ? À mes yeux, les programmes des différents partis se fondent dans un magma de bonnes intentions où une chienne ne reconnaîtrait pas ses chiots.

Notre coloc prétend faire œuvre de conscientisation et passe ses grandes journées au bureau de son parti à emmerder des inconnus au téléphone ou encore à répandre la bonne nouvelle de porte en porte quand elle ne distribue pas des tracts devant les stations de métro.

Je l'ai observée hier en revenant de ma promenade du mardi. Elle aborde les gens avec chaleur en jouant de son charme. Elle me fait penser aux filles qui travaillent rue Sainte-Catherine. Elle leur tient le bras, se penche vers eux en se tortillant, leur tend sa feuille et leur récite son baratin. S'ils manifestent leur accord, elle les embrasse presque, les considérant comme des frères, mais dans le cas contraire, elle les fustige et ne manque pas de les traiter de suppôts du grand capital. Elle ne rentre qu'à la nuit tombée, souvent en compagnie de quelques militants/tantes qui continuent d'échafauder leurs plans jusque dans notre salon. Fred monte les rejoindre en apportant la bière. Et ça dure.

Merde alors! On avait bien besoin de ça! Et en pleine canicule par-dessus le marché. Alors je passe mes grandes soirées au parc Hochelaga avec Emilio, quand il est en congé.

Tout ça ne me concerne pas, mais tu sais comment sont les charlatans: ils ont besoin que tu croies qu'ils ont raison de croire en ce qu'ils croient, sinon, sinon leurs croyances deviennent moins crédibles, on dirait. C'est ce qu'on appelle la force du nombre, je suppose. En tout cas, je me comprends. Et Clo, côté opinion, est vraiment comme eux. Si on n'adhère pas à ses idées, même si ses adhésions changent d'une heure à l'autre, c'est qu'on la rejette, elle, dans toute son entièreté. Tu imagines le drame? Et elle nous le fait payer cher.

Ce n'est pas tout: quand ça ne sonne pas à la porte, c'est au téléphone qu'on nous sonde, qu'on nous soupèse et qu'on veut nous convaincre. Au début, je me contentais de raccrocher ou de sommer l'inconnu qui attendait sur le palier de déguerpir. Est-ce que j'allais l'importuner, moi, en frappant chez lui pour lui parler de la sélénographie? Non? Alors qu'il nous fiche la paix!

Mais mon attitude mettait Lucie dans tous ses états. Elle est convaincue que les candidats sont des travailleurs sociaux déguisés. Selon elle, ils profitent de la campagne électorale pour fouiner chez nous dans le but d'étoffer leur dossier et d'accumuler des raisons de nous faire interner. Alors je n'ose plus sortir car, pendant que Clo sauve le monde, je dois la rassurer au moins dix fois par jour de peur qu'elle perde les pédales. Et que ferait-elle sans pédales? Voilà une autre de leurs expressions idiotes. Elle me met en garde:

Tu sauras me le dire, Violette. Tu sauras me le dire quand il sera trop tard et qu'on se retrouvera, toutes les trois, dans l'aile psychiatrique de l'hôpital Maisonneuve-Rosemont ou pire, à Hippolyte.

Ben non, Lucie, je t'assure.

T'es jamais allée, toi, à Hippolyte?

Non, mais…

T'as pas connu ça, les camisoles de force, toi. Ni les douches froides. Ni les électrochocs. Mais moi, oui, ma petite fille. Je pourrais t'en raconter, des affaires. Des affaires épouvantables. Et Clo qui travaille pour eux maintenant…

C'est vrai qu'ils ont tous un petit air louche quand ils se présentent à la porte, les candidats, avec leur plus beau sourire, leur regard un peu trop brillant, leur enthousiasme surfait, leur poignée de main vigoureuse et leur entrée en matière identique. Des pubs sur deux pattes.

Alors Lucie, qui doute du bien-fondé de mes explications parce qu'elle me trouve jeune et naïve, a développé un stratagème assez efficace. Aussitôt que Clo sort changer le monde, elle s'empresse de ranger l'appart, de cacher les pancartes sous son lit et d'inviter les candidats ou leurs représentants à entrer. Elle leur affirme épouser chacune de leurs positions. Si, comme elle le croit, des travailleurs sociaux se dissimulent dans le lot, ils ne trouveront rien à lui reprocher. Une citoyenne exemplaire.

À 10 h, elle est férocement contre l'exploitation des gaz de schiste, pour la fermeture de la centrale de Gentilly et ne jure que par le développement durable, l'économie sociale, l'augmentation des impôts des mieux nantis et des compagnies, le développement du transport en commun, l'abolition de la taxe santé et pour la gratuité scolaire complète. Mais à 11 h, elle est convaincue de la nécessité que chacun fasse sa juste part et approuve en bloc toutes les mesures qui favorisent l'essor économique et la réduction de la dette.

Si on la questionne sur l'indépendance, elle se contente de répondre, en fronçant les sourcils et en hochant la tête d'un air dubitatif, parce qu'elle ne sait plus qui est pour et qui est contre, et dans quelles circonstances, et selon quelles conditions, et dans quel ordre de priorité :

L'indépendance ? Ah oui, l'indépendance… Bien sûr, l'indépendance… Je réfléchis sérieusement à la question. Très sérieusement. Vous pouvez me croire. Ma pensée évolue sur la question.

Elle m'a confié :

Garde ça pour toi, Violette, surtout pas un mot à Clo, mais je vais suivre le conseil de Jeanne et tout le monde sera content le jour des élections, car je ferai autant de X qu'il y aura de cases sur le bulletin de vote. Un point c'est tout.

Et moi, je n'en peux plus. Je n'en peux plus de cette chaleur. Pas le moindre vent dans l'air. Entre deux sonneries de téléphone, deux discours à la télé, deux promesses contradictoires, deux visiteurs à la porte, deux invectives de Clo, deux crises de panique de Lucie, deux souvenirs aux angles piquants, façon de parler, j'ouvre le livre pour m'en aller loin. Très loin. Très seule. Au bord du fleuve où souffle toujours une brise rafraîchissante :

J'ai un besoin de tendresse surhumain et monstrueux. Cependant, le rire que j'ai qui rit de la tendresse que je veux est encore plus surhumain et monstrueux. Je ne pourrai jamais plus me permettre, sans la noyer de cynisme, de donner ou recevoir la moindre caresse. Je réagis à une goutte de miel par une goutte de fiel.

La Lune des Moissons

La Lune des Moissons est la pleine lune la plus rapprochée de l'équinoxe d'automne. Comme elle se lève à peu près au coucher du soleil, la période d'obscurité s'en trouve raccourcie, ce qui permettait jadis aux fermiers d'engranger les récoltes plus tard, le soir.

Comme tu le sais, la Lune est responsable des marées et détermine la date de plusieurs grandes fêtes. Elle est associée à une foule de légendes dont celle du loup-garou. On lui attribue toutes sortes de pouvoirs : elle favoriserait les accouchements, le sommeil serait perturbé, les vampires affaiblis reprendraient des forces. Et les fous ? Eh bien, ils le seraient encore plus que d'habitude.

Le rêve de la nuit précédant mon départ était prémonitoire.

J'étais assise sur le cap Laplace, situé à l'extrémité est du golfe des Iris. De là-haut, je contemplais la Terre, éclairée par la pleine lune, et j'essayais de repérer les lieux que je connaissais. Contrairement à ce qu'on peut penser, c'était facile : je n'avais qu'à suivre le Saint-Laurent à rebours et je le voyais nettement d'où je me trouvais.

Lucie et Clo dormaient encore quand j'ai refermé la porte de l'appart derrière moi, hier matin, et que j'ai descendu l'escalier sur la pointe des pieds. Il avait été entendu qu'on déjeunerait ensemble, toutes les trois. Clo avait même acheté des croissants pour l'occasion et Fred devait nous reconduire ensuite aux abords de l'autoroute 20, mais je leur ai menti. Je leur ai menti comme je sais si bien le faire maintenant : je ne voulais ni embrassades, ni larmoiements, ni recommandations.

J'ai rangé ma chambre comme il faut et je n'ai glissé que le nécessaire dans mon sac : le chandail que Clo m'a offert, parce que les nuits sont fraîches en Gaspésie, une paire de bas, un t-shirt, mes articles de toilette, mon cahier, mon lexique, quelques crayons, le livre et le sac de couchage que j'avais acheté avant d'aller au parc René-Lévesque, avec l'argent caché sous mon matelas. Et je leur ai laissé un mot sur la table de la cuisine. Façon de parler, car il y en avait neuf, en réalité :

Merci pour tout. Je vous écrirai. À bientôt. Violette.

Emilio m'attendait déjà en bas, au coin d'Ontario et Davidson. Le dos appuyé au lampadaire, il regardait les dernières étoiles s'éteindre. On est partis à pied, cheveux tressés et sac au dos. Comme il n'était encore jamais sorti de l'île de Montréal, il était fou de joie quand, à l'aube de ce 31 août, on a traversé le fleuve avec l'intention de le repasser le 30 septembre, date de la Lune des Moissons et de la fête chinoise de la Lune.

Je me suis arrêtée en plein milieu du pont afin d'apercevoir notre quartier, au loin, qui baignait déjà dans une douce lumière rose. Emilio a posé sa main sur mon épaule et a déclaré :

Météo Média nous annonce une journée parfaite.

On a tendu le pouce. Au bout de quarante-cinq minutes, un camion-remorque s'est arrêté. Le conducteur nous a dit :

Montez, les amoureux, si vous avez pas peur de vous faire brasser.

Il s'en allait livrer des matériaux de construction à Rivière-du-Loup, mais il lui faudrait faire quelques haltes en cours de route. C'était très bien, on n'était pas pressés. Effectivement, ça brassait dans la cabine et le bruit du moteur était assourdissant, mais comme la radio grichait par-dessus le vacarme, je me sentais à l'aise.

Arrivés à Kamouraska, on est descendus et on a marché jusqu'à la grève. C'était la fin de l'après-midi et, devant nous, le paysage se déployait à perte de vue. J'ai toujours aimé cette expression, à perte de vue, et le moment était tout indiqué pour l'employer. Des faisceaux lumineux trouaient, ici et là, la fine pellicule nuageuse qui s'était formée, vers l'ouest, jetant leur lumière foudroyante sur un îlot et puis un autre de l'archipel de Kamouraska.

L'eau était, par endroits, de l'exacte couleur que je préfère entre toutes, une combinaison de bleu de céruléum et de noir d'ivoire. Mais par endroits seulement, car le fleuve, comme toute chose vivante, possède mille nuances changeantes qui nous échappent lorsqu'on essaie de les saisir. Plonge ta main dedans, tu verras bien. Et à cet amalgame s'ajoutent les jeux d'ombre et de lumière, le mouvement des vagues, l'odeur des algues, les embruns, la texture des rochers, du sable et des épaves, qui participent d'une manière intrinsèque à la composition indéfinissable du mélange. Ce qui rend la vie compliquée. Très compliquée. J'ai dit à Emilio:

Le voilà, mon fleuve.

J'ai eu envie de respirer à fond et d'écarter les bras comme si je voulais l'embrasser tout entier avant d'ajouter, en pointant la côte bleu-gris de Charlevoix qui ondulait, juste en face :

Et voilà l'endroit d'où je viens.

Assis sur un rocher, on a mangé les restes de notre lunch et j'avais l'impression de regarder le lieu lointain où j'avais grandi comme si je l'apercevais de la Lune. C'était vaste. Tellement vaste et peut-être plus vaste encore, vu de ce côté-ci des choses.

On est restés absorbés dans notre contemplation silencieuse jusqu'à ce que les derniers feux se soient éteints derrière les montagnes de Charlevoix et que la Lune ait atteint son apogée. On a pu observer les grandes mers lunaires et les constellations que je n'avais pas vues depuis belle lurette.

On s'est abrités dans le petit hangar, près de la grève, qu'on avait repéré en arrivant et j'ai dit à Emilio :

Faudra que j'achète une carte postale, demain, pour mes colocs.

On s'est endormis, veillés par la pleine lune et bercés par le roulis des vagues. Façon de parler, évidemment.

Table des matières

La mer Marginale.. 13

La mer de la Tranquillité 23

La Lune gibbeuse croissante.................................... 33

Artémis et le premier croissant de la Lune............. 39

Le lac des Songes... 47

L'océan des Tempêtes... 53

Séléné, déesse de la Lune 59

Le cratère Tycho.. 69

Le mont Chagall.. 77

La mer de la Fécondité 87

Hécate et la nouvelle lune 95

Le lac du Temps.. 101

La mer des Humeurs.. 109

Thot, le seigneur du Temps..................................... 115

Mama Quilla, déesse inca de la Lune...................... 119

Le marais de la Putréfaction.................................... 125

Le golfe des Iris 137

Le cratère Chang-Ngo.. 149

Le premier quartier de la Lune 155

Le cratère Tsiolkovski.. 159

Le cratère Aristarque... 165

Le lac du Printemps 171

Le dieu lunaire de la Mésopotamie......................... 177

La Lune rousse 183

La mer des Nuages 191

La rainure de Hadley 199

La Lune bleue 207

Khonsou, un autre dieu lunaire
du panthéon égyptien 211

La mer des Crises 217

La dorsale Smirnov 221

L'éclipse lunaire 227

La mer des Pluies 241

La mer de l'Ingénuité 251

Le périgée de la Lune 257

La Lune cendrée 263

La Lune des Moissons 269

Dans la même collection

Alarie, Donald, *David et les autres*.
Alarie, Donald, *J'attends ton appel*.
Alarie, Donald, *Thomas est de retour*.
Alarie, Donald, *Tu crois que ça va durer?*
Andrewes, Émilie, *Les cages humaines*.
Andrewes, Émilie, *Conspiration autour d'une chanson d'amour*.
Andrewes, Émilie, *Eldon d'or*.
Andrewes, Émilie, *Les mouches pauvres d'Ésope*.
April, J. P., *La danse de la fille sans jambes*.
April, J. P., *Les ensauvagés*.
April, J. P., *Histoires humanimales*.
April, J. P., *Mon père a tué la Terre*.
Aude, *Chrysalide*.
Aude, *L'homme au complet*.
Audet, Noël, *Les bonheurs d'un héros incertain*.
Audet, Noël, *Le roi des planeurs*.
Auger, Marie, *L'excision*.
Auger, Marie, *J'ai froid aux yeux*.
Auger, Marie, *Tombeau*.
Auger, Marie, *Le ventre en tête*.
Belkhodja, Katia, *La peau des doigts*.
Blouin, Lise, *Dissonances*.
Bouyoucas, Pan, *Cocorico*.
Brochu, André, *Les Épervières*.
Brochu, André, *Le maître rêveur*.
Brochu, André, *La vie aux trousses*.
Bruneau, Serge, *Bienvenue Welcome*.
Bruneau, Serge, *L'enterrement de Lénine*.
Bruneau, Serge, *Hot Blues*.
Bruneau, Serge, *Quelques braises et du vent*.
Bruneau, Serge, *Rosa-Lux et la baie des Anges*.
Carrier, Roch, *Les moines dans la tour*.
Castillo Durante, Daniel, *Ce feu si lent de l'exil*.
Castillo Durante, Daniel, *La passion des nomades*.
Castillo Durante, Daniel, *Un café dans le Sud*.
Chatillon, Pierre, *Île était une fois*.
de Chevigny, Pierre, *S comme Sophie*.
Cliche, Anne Élaine, *Mon frère Ésaü*.
Cliche, Anne Élaine, *Rien et autres souvenirs*.
Corriveau, Hugues, *La gardienne des tableaux*.
Croft, Esther, *De belles paroles*.
Croft, Esther, *Le reste du temps*.
Désy, Jean, *Le coureur de froid*.
Désy, Jean, *L'île de Tayara*.
Désy, Jean, *Nepalium tremens*.
Dubé, Danielle, *Le carnet de Léo*.
Dubé, Danielle et Yvon Paré, *Le bonheur est dans le Fjord*.
Dubé, Danielle et Yvon Paré, *Un été en Provence*.
Dumont, Claudine, *Anabiose*.
Dupré, Louise, *L'été funambule*.
Dupré, Louise, *La Voie lactée*.
Forget, Marc, *Versicolor*.
Gariépy, Pierre, *L'âge de Pierre*.
Gariépy, Pierre, *Blanca en sainte*.
Gariépy, Pierre, *Lomer Odyssée*.
Genest, Guy, *Bordel-Station*.
Gervais, Bertrand, *Comme dans un film des frères Coen*.
Gervais, Bertrand, *Gazole*.
Gervais, Bertrand, *L'île des Pas perdus*.
Gervais, Bertrand, *Le maître du Château rouge*.
Gervais, Bertrand, *La mort de J. R. Berger*.
Gervais, Bertrand, *Tessons*.
Guilbault, Anne, *Joies*.
Guy, Hélène, *Amours au noir*.
Hébert, François, *De Mumbai à Madurai. L'énigme de l'arrivée et de l'après-midi*.
Laberge, Andrée, *Le fil ténu de l'âme*.
Laberge, Andrée, *Le fin fond de l'histoire*.
Laberge, Andrée, *La rivière du loup*.
Lachapelle, Lucie, *Histoires nordiques*.
La France, Micheline, *Le don d'Auguste*.
Lanouette, Jocelyn, *Les doigts croisés*.
Lavoie, Marie-Renée, *La petite et le vieux*.
Lavoie, Marie-Renée, *Le syndrome de la vis*.
Leblanc, Carl, *Artéfact*.
Léger, Hugo, *Tous les corps naissent étrangers*.
Marceau, Claude, *Le viol de Marie-France O'Connor*.
Marcotte, Véronique, *Les revolvers sont des choses qui arrivent*.
Martin, Patrice, *Le chapeau de Kafka*.
Mihali, Felicia, *Luc, le Chinois et moi*.
Mihali, Felicia, *Le pays du fromage*.
Millet, Pascal, *Animal*.
Millet, Pascal, *L'Iroquois*.
Millet, Pascal, *Québec aller simple*.
Moussette, Marcel, *L'hiver du Chinois*.
Ness, Clara, *Ainsi font-elles toutes*.
Ness, Clara, *Genèse de l'oubli*.
Ouellette-Michalska, Madeleine, *L'apprentissage*.
Ouellette-Michalska, Madeleine, *La Parlante d'outre-mer*.
Paré, Yvon, *Les plus belles années*.
Péloquin, Michèle, *Les yeux des autres*.
Perron, Jean, *Les fiancés du 29 février*.
Perron, Jean, *Visions de Macao*.
Pigeon, Daniel, *Ceux qui partent*.
Pigeon, Daniel, *Chutes libres*.
Pigeon, Daniel, *Dépossession*.
Rioux, Hélène, *Âmes en peine au paradis perdu*.
Rioux, Hélène, *Le cimetière des éléphants*.
Rioux, Hélène, *Mercredi soir au Bout du monde*.
Rioux, Hélène, *Nuits blanches et jours de gloire*.
Roger, Jean-Paul, *Un sourd fracas qui fuit à petits pas*.
Rondeau, Martyne, *Game over*.
Rondeau, Martyne, *Ravaler*.
Saucier, Jocelyne, *Il pleuvait des oiseaux*.
Saucier, Jocelyne, *Jeanne sur les routes*.
Saucier, Jocelyne, *La vie comme une image*.
Tapiero, Olivia, *Espaces*.
Thériault, Denis, *La fille qui n'existait pas*.
Tourangeau, Pierre, *La dot de la Mère Missel*.
Tourangeau, Pierre, *La moitié d'étoile*.
Tourangeau, Pierre, *Le retour d'Ariane*.
Trussart, Danielle, *Le Grand Jamais*.
Vanasse, André, *Avenue De Lorimier*.

Suivez-nous :

Achevé d'imprimer en octobre deux mille treize
sur les presses de l'imprimerie Gauvin,
Gatineau, Québec